U0088167

靈夢驚魂

Nightmare

暗黑推理五部曲

永續圖書線上購物網
讀品文化事業有限公司

WWW.foreverbooks.com.tw　yungjiuh@ms45.hinet.net

鬼物語系列 15

噩夢驚魂：暗黑推理五部曲

作　　者　夏懸
出 版 者　讀品文化事業有限公司
執行編輯　吳俊璇
美術編輯　姚恩涵

總 經 銷　永續圖書有限公司
TEL／(02)86473663
FAX／(02)86473660
劃撥帳號　18669219
地　　址　22103　新北市汐止區大同路三段 194 號 9 樓之 1
TEL／(02)86473663
FAX／(02)86473660
出 版 日　2017年01月

法律顧問　方圓法律事務所　涂成樞律師
CVS代理　美璟文化有限公司
TEL／(02)27239968
FAX／(02)27239668

版權所有，任何形式之翻印，均屬侵權行為

Printed Taiwan, 2016 All Rights Reserved

國家圖書館出版品預行編目資料

噩夢驚魂 : 暗黑推理五部曲 / 夏懸作. -- 初版.
-- 新北市 : 讀品文化, 民106.01
面 ;　公分. -- (鬼物語 ; 15)
ISBN 978-986-453-044-1(平裝)

857.63　105022020

靈驚

第一篇
T

1.

四月十日下午四點三十七分，十六歲少女藍伊薰自校舍頂樓墜落身亡，警方判定為自殺，但是我很清楚，藍伊薰並非自殺，而是他殺。

一切都要從一個月前開始說起。

「黃毅傑，你手上拿的那是什麼？」

傍晚，伊薰面無表情指著坐在河堤階梯上的毅傑。

毅傑先是對我露出無奈的眼神，再轉頭對她吐了一口煙圈，伊薰別過臉捂嘴咳嗽，毅傑笑問：「爽嗎？」

「好，你就等著被記大過吧。」

「大過耶！我好怕，我好怕喔。」

毅傑抱著身子作勢發抖，伊薰沒多說什麼，旋踵便離。

在一旁的我輕搥了毅傑的胸口一下。

「白癡喔，幹嘛挑釁她？」

第一篇 《T》

「放心，她不會跟老師講的。」

「你哪來自信這麼說？」

毅傑嗤笑一聲。

「在學校，大家最討厭什麼人？」

「什麼人？」

「就是打小報告的人啊，只有小人才會幹這種偷雞摸狗的事。」

毅傑吸了口菸，再仰首對染紅的天幕吐了一口長煙。

隔天，他的屁股被訓導主任賞了五大板。

「靠！痛死我了。」

教室中，坐在我前方的毅傑不停在自己座位上扭腰哆嗦。

我覺得他一臉猙獰的模樣很滑稽，就拿出手機對他拍了張照。

「拍什麼啦？」他蹙眉道。

「抱歉，老毛病又犯了。」我作勢陪笑。

打從我有手機以來，我就有著把我自認有趣的那一瞬間拍下來的習慣，

因此我手機儲存空間常常爆掉，幸好我有申請好幾十支雲端帳號，所以還是

能保留許多有趣的照片。

「給我刪掉喔。」他指著我手機說。

「好啦，別生氣。」我照著他的意思刪了剛剛那張照片，反正早已上傳雲端。

「不過還不是毅傑你自己昨天太白目才會這樣。」

「我白目？白目的人明明是藍伊薰好不好？自以為正義，這下我不但背了一支大過，回家還要被我爸扁，媽的！敢給我當抓耙子，最好就不要犯錯被我逮到。」

「那你要不要看一下這個？」

我用手機向毅傑秀出一張照片，照片中的場景是無人的教室，拍攝角度是從教室後門拍入室內，內容是一名馬尾女孩將手伸進不屬於她的書包之中。

「我沒看錯吧？這是藍伊薰？」

我點頭，指著照片說：「然後那個書包是芷芸的。」

毅傑二話不說直接搶走我的手機。

只見緊盯螢幕的他不停在口中低喃「不會吧？」這三個字。

我能理解他為何如此震驚，芷芸是班上的總務股長，上星期她因為弄丟校外教學的錢而被全班同學指責，毅傑更是豪不客氣對芷芸惡言相向，如今他總算是了解事情的真相了。

「沒想到錢居然是藍伊薰偷的，不過這照片也拍得太巧了吧？」

「這世界有時候就是會那麼巧，那天我只是回教室拿水壺，誰知剛好就撞見這個景象，想說挺有趣的就拍下來了。」

「不過既然都拍到照片了，怎不拿去跟老師說？」

「你不是說只有小人才會做這種事嗎？」

「也是，而且被老師知道的話，老師就會介入了。」

見他咧嘴一笑，我馬上湊近他耳邊說：「喂，你不會是想到什麼壞主意了吧？」

「我要用簡訊把這張照片寄給她，然後再跟她說如果不服從我的指令，我就要把照片公諸於世。」

「哈哈，國王遊戲喔？」

「沒錯，而且我是用我那台備用手機，這樣她就算查班級名冊上的手機號碼也查不出是我在對她下指令，我要讓她接下來的日子都活在被不明人士玩弄的恐懼之中。」

「你這樣也太壞了。」

「對這種小人剛好而已。對了，這件事我們知道就好，不要跟其他人說，這是我跟她之間的恩怨。」

我點頭。

於是，泯滅人性的國王遊戲開始了。

我還記得伊薰收到那封簡訊時的臉色，簡直就跟屍體一樣慘白，大概是沒料到居然會有人拍下她那行為的瞬間吧？但現實就是如此，不管她再怎麼害怕也無濟於事，滿腔惡意的毅傑可不會因為她被嚇得花容失色就停下報復行動。

第一天，毅傑在課堂中命令伊薰用立可白丟正在黑板上寫重點的孫老師。

當所有人都專心抄寫重點時，只有伊薰沒有動筆，她緊捏著立可白四處張望，似乎對執行命令猶豫不決，毅傑耐不住性子，想寄出更凶惡的話催促她，不過才剛要打字，孫老師的怒吼馬上傳來。

「是誰丟我？」

孫老師瞪大眼環視整間教室，看來伊薰趁我將注意力放到毅傑的手機上時扔出立可白了。

「我再問一次，到底是誰朝我丟東西？」

對於孫老師的問話，同學們都只是很錯愕的發出細小的疑惑聲。

孫老師怒摔粉筆，又將講義狠狠砸在講台上發出巨大聲響，當下全班沒人敢再發出一丁點聲音，真不愧是全校公認最兇惡的老師。

不過此時我想通了，剛才伊薰接到命令卻遲遲未扔出立可白並非是在猶豫，而是在等待所有同學都低頭抄寫重點的時機，這樣就不會有人看到她丟立可白了。

真是聰明啊！但也叫人生氣呢，要是我能拍到她朝老師丟出立可白的那一瞬間肯定會爽死，可惜已經錯過那個時機了。

「都沒人承認是嗎？好，從現在開始，我每上一堂課就考一次小考，除非犯人站出來自首。」

孫老師拿起講台上的講義，轉身繼續寫重點，還連續寫斷三支粉筆，顯然盛怒非常。

我小聲跟毅傑抱怨：「靠！被你搞到每堂課都要考試，這下可苦了。」

「安啦，我現在就叫她自首。」

毅傑快速打了簡訊，伊薰收到後，臉色紫的難看。

過了十幾秒鐘，伊薰緩緩舉起手來。

「老、老師……」

「怎麼了？有問題嗎？」

「對不起，剛剛的立可白是我丟的。」

此話一出，全班同時發出驚嗚。

大家都不敢相信品學兼優的藍伊薰會做出這種事情，就連孫老師也皺起眉頭。

「藍伊薰，真的是妳丟的？」

「是的，不過那是不小心的。」伊薰將視線投向坐在講桌前面的廖元凱，說：「我想把立可白借給廖元凱，但不小心丟太大力了。」

廖元凱滿臉疑惑地問：「妳幹嘛借我立可白？」

「你不是忘了帶嗎？」

「我有帶啊，妳在說什麼？」

「好了。」孫老師強硬打斷廖元凱，再對伊薰說：「做錯事敢作敢當，很好，我就當這事沒發生，不過下次借同學東西請用傳的，不要用丟的。」

「好的，老師。」

在孫老師轉回身繼續寫黑板後，我湊到毅傑耳邊說：「老師就這樣放過她喔?唉……全班第一的待遇就是不一樣，不過沒想到她還挺會說謊的。」

「是我叫她這樣解釋的。」

「咦？」

「如果她直接承認，誰知道孫老師會怎麼處罰她，搞不好會直接把她退學勒，這樣我就無法繼續整她啦，你又不是不知道孫老師的脾氣。」

「這麼說也是。」

下課，我從洗手間回來，見廖元凱正在教室前的洗手台用肥皂洗眼鏡。

「喂，眼鏡這樣洗會壞掉吧？」

「沒差，反正也差不多要換新的了。」

元凱用制服擦乾鏡片上的泡沫後，將眼鏡戴了起來。

我湊近他身邊，假裝不知情地問：「剛才藍伊薰那是怎麼回事？」

「誰知道？說什麼要借我立可白，我就有帶立可白啊，我看她是丟老師又不想被罵才隨便胡扯的吧？」

「那她幹嘛要丟老師？」

「我哪知道？可能是讀書讀到腦子壞了。」

「好啦，我跟你說，其實是毅傑叫她這樣說的。」

「啊？」

由於這件事實在太有趣了，我按捺不住性子把整件事來龍去脈都跟元凱說了一遍，元凱知道後，立刻跑去找毅傑。

「我也要參一咖。」

「什麼參一咖？」

「國王遊戲。」

「大嘴巴。」毅傑馬上斜眼瞪我。

我雙手合掌說：「對不起，但你不覺得越多人玩越有趣嗎？」

元凱接著說：「對啊，有趣的事情就是要跟好朋友分享。」

「但你是要怎麼參一咖啦？下達命令的手機就我這一台。」

「簡單，你創一個國玩遊戲的群組，我們在上面提供指令內容，你再寄出大家公認最有趣的那個指令。」

毅傑搖頭說：「太麻煩了，我才不要，我要自己一個人玩死她。」

「你喜歡藍伊薰？」元凱露出壞壞的笑容。

「才不是勒！你說這啥鬼話？」

「只有喜歡她的人才會想這樣獨占她的身心靈。」

「你有種再說一次，信不信我打爆你那副眼鏡？」

「來啊，反正本來就要換新的，沒差。」

我趕緊拉起毅傑的袖口說：「好啦，毅傑，你就讓元凱加入嘛，又不會少一塊肉。」

毅傑看了我一眼，隨後低下頭說：「好吧，不過別再跟其他人說這件事了喔。」

我點頭。

然後國王遊戲的群組便從三個人擴增至九個人。

「夭壽喔！怎一堆人都加進來了？」

「有什麼關係，大家都不爽她啊，被她背地打小報告陰到的人又不是只有你。」

「喔……那她加進來幹嘛？」毅傑指著我身旁的芷芸說：「藍伊薰有害她被記大過嗎？有害她被訓導主任打嗎？沒有的話就給我退出。」

芷芸被毅傑凶狠的態度嚇到整個人縮成一團，於是我拍拍芷芸的背安慰她，再對毅傑說：「你還敢這樣說，這可是你欠她的，上次校外教學費用遺失就你罵她罵得最慘，現在大家都知道真相，芷芸她沒叫你道歉已經很不錯了。」

毅傑咋嘴一聲，欲言又止。

過了一會，他才說：「我要把群組刪了。」

「幹嘛刪？」

「人太多不好玩啦。」

「就是人多才好玩，你怎麼那麼死腦筋？而且你不是快沒梗了？」

我拿出手機給毅傑看群組對話。

「你看，其他人才剛加進來就提了一堆有趣的想法，還有人說要叫她去偷摸男同學下面耶，別刪群啦，就讓他們一起來討論指令內容吧。」

「好啦，但真的不要再加其他人進來了，拜託！太多人的話一定會被藍伊薰知道我就是幕後兇手。」

「好，我發誓以後真的不會再跟其他人說了。」

由於伊薰平時真的很愛多管閒事，所以當大家知道她小辮子後，都毫不留情用指令羞辱她。

午休時大叫一聲、掃地時往樓下撥拖把水這種小兒科的指令很快成了過去式，現在的指令內容要是沒一點情色成分，毅傑就不會寄出去給她。

不知道是誰在對她下指令的伊薰，只能含著淚水默默完成大家骯髒的要求，而在過程中，最讓我感到吃驚的是，平時文靜內向的芷芸，在下達指令時竟然比其他人還要狠毒。

她不僅要伊薰喝下過期的養樂多，還要她撕毀其他同學的作業再向他們自首道歉，果然女人心就是險惡萬分。

就這樣，我們持續潛伏在黑暗中玩弄她好一段時間，直到她墜樓身亡。

2.

孫老師在說明伊薰墜樓的事後，全班陷入一片死寂。

雖然平時很常在電視上看到學生在校跳樓的新聞，但實際遇上時還是難免不知所措，畢竟昨天還在同一間教室一起上課、一起吃飯，一直到下課後眼中都還映有她的身影，實在是很難想像，從今以後都再也見不到這個人了。

現在，丟垃圾不分類不會再有人來唸，掃地時間也能盡情滑手機，因為無論時間過去多久，那個成績優秀又愛管閒事的藍伊薰都不會再出現了。

每當我想到這點，心裡就會湧起一股淡淡的哀愁。

至於毅傑他們呢?他們只擔心過去玩弄伊薰的事會不會曝光，因為他們壓根沒想到伊薰的父親竟然是曾犯下重大刑案的罪犯。

那是我們參加伊薰的喪禮後才知道的。

伊薰的父親藍正天是黑幫殺手，在伊薰年幼時，藍正天就因一起槍擊殺人未遂被起訴，直到去年才假釋出獄，不過伊薰的母親一直不讓他去見伊薰，因此當他參加伊薰的喪禮後便不斷辱罵伊薰的母親，甚至還想出手打她，所幸被一旁的親友制止才沒有讓事態惡化。

伊薰的父親冷靜以後，在伊薰的遺照前跪了下來。

「我女兒不可能無緣無故自殺，一定是有人把她給害死的。」

他轉過頭與我們這些同學四目相交，那憤怒的眼神令人不寒而慄，我們沒一個人敢說一句話，就這樣與他默默對視好幾分鐘。

喪禮結束後，國王遊戲群組的九個人聚集在廢棄的天橋下。

天空籠罩一片陰暗的灰雲正好代表大家的心情。

「你們剛都看到了吧？這事如果被伊薰他爸知道的話，我們一定會被殺的。」

毅傑縮著雙肩緊抓手中的手機，那台手機就是先前用來對伊薰下達指令的備用手機。

元凱指向大夥說：「都是你們啦，叫她上廁所自拍，還拍那麼多張，她會跳樓根本不意外。」

「你還敢說！上次叫她不穿內褲的人不就是你嗎？結果害她大姨媽都流出來。」

「我哪知道她那天大姨媽來啊？啊是不會用衛生棉條喔？」

「夠了，現在吵架也無濟於事。」我介入他們之間說：「我們全員退出群組，這樣就算他爸想查也查不到。」

毅傑愁眉苦臉道：「不行啊，你們忘了警方找不到藍伊薰的手機嗎？如果之後有人找到她手機又去查簡訊寄件人的號碼，事情還是會曝光。」

元凱說：「你不是用備用機嗎？備用機的號碼連我們都不知道，你不會被發現的啦。」

「話說她的手機怎會那麼剛好在她跳樓後失蹤？」

芷芸此話一出，大夥同時噤聲。

半晌，元凱才緩緩說：「她死後，有人趁警方還沒到現場時拿走她的手機。」

「你意思是……那個人看到藍伊薰的屍體後，還有心情伸手去她口袋裡把手機拿走？」

芷芸說完，被自己的話嚇到摀起嘴巴。

這確實是非常可怕的事，在見到摔得歪七扭八不成人形的屍體後，還想去偷她手機的人絕非常人。

「這太扯了，到底是什麼人會幹這種事？」

「凶手。」

我輕輕吐出這兩個字後，大夥全都將眼光投向我。

「凶手？難道藍伊薰不是自殺死的？」

毅傑問道。

元凱拍起手說：「對啦！這樣想就通了，藍伊薰是被殺死的，撿走她手機的人就是兇手！」

「等一下，如果她真的是被殺死的，那凶手拿她的手機要做什麼？」

「會不會是她手機藏有什麼不可告人的祕密，所以凶手殺了她後才會拿走她的手機？」

「如果真是這樣，那就更糟糕了。」毅傑臉色慘白地說：「要是這個殺人犯發現簡訊，然後又查到寄件人是我，一定會跑來殺我的！」

「你是被害妄想症上身喔？那個凶手不會因為你捉弄他殺害的人而殺你啦，所以別緊張，你看我都沒在緊張了。」

毅傑猛然抓起元凱的衣領吼：「簡訊又不是你寄的，你當然不會緊張！」

「大聲什麼？想打架嗎？」

元凱挺起胸膛逞兇鬥狠，毅傑也舉起手臂作勢揍他，眼見情況失控，我趕緊介入其中。

「不要打架啦，都什麼時候了還在起內鬨？」

芷芸也在旁說：「對啊，現在最重要的應該是把那個凶手找出來吧？要是那個凶手以匿名的方式把簡訊內容公佈，就算伊薰的爸爸沒有殺過來，我們也會被警方逮補吧？畢竟我們一直威脅伊薰做那些事情……」

毅傑聽聞，手從元凱的衣領上放下，元凱使勁將衣領調整好，以中指提起眼鏡。

「毅傑，你現在撥藍伊薰的手機號碼。」

「不用你說，我正要這麼做。」

毅傑將備用手機的螢幕打開，按下通訊錄那唯一一串號碼。

「你想跟凶手通話？」我問，元凱點頭。

「就看凶手會不會接了。」

果不其然，電話不通。

毅傑放下手機說：「沒有回應，凶手不是故意不接，就是已經把手機丟掉了。」

「那要是凶手有接電話，你想怎麼談？」元凱問。

「當然是直接叫他把簡訊刪掉啊。」

「要是他不刪呢？」

「他不刪我就叫警察來查訊號來源把他抓出來。」

「但這樣事情不就會變得像芷芸說的一樣了?警方發現簡訊內容，藍伊薰的爸爸知道我們欺負她女兒，最後我們全體完蛋。」

「其實我們不用把事情想得那麼複雜。」我說：「對方既然是個殺人犯，那肯定比你們還要怕被抓，所以他拿走藍伊薰的手機後應該是不會再有什麼動作了，就算他看見那些簡訊，他也沒理由公開。」

不料聽聞我這些話，毅傑仍舊神經兮兮地說：「不行，我還是要把他找出來，只要他還握著那些簡訊一天，我就永遠無法安心。」

3.

在令人不悅的天橋會議過後，大家都因害怕而退出群組。那些曾欺負過伊薰的人，現在都裝成啞巴絕口不提這事，好像只要不說出口這事就沒發生過一樣，真是一群臭俗仔。

最後只剩下我、毅傑、元凱、芷芸四人還在校內各處打聽伊薰墜樓前的行蹤，希望能藉此找到拿走她手機的人，不過都沒找到什麼有用的線索，理所當然，連警察都沒查到了，我們這些學生更不用說。

「會不會其實是我們自己想太多了？」走廊上，元凱摸著下巴說：「其實那天藍伊薰根本沒帶手機出門，所以警方才找不到她的手機。」

「你是智障嗎？」毅傑說：「如果她手機放在家裡，她家人在整理遺物時早就發現了，何況當天我還有對她下指令，拜託你說話前先用你那顆蠢腦袋想清楚好不好？」

「馬的！你講話能不能不要這麼靠北？」

見兩人又快吵起來，芷芸趕緊說：「那、那個……搞不好藍伊薰真的是自殺死的，只是手機恰巧被某個不怕屍體的人偷走而已。」

我點點頭說：「也是有這種可能，就像盜墓賊都不怕鬼一樣。」

「可是藍伊薰的手機是山寨機，那種便宜貨一點都沒有偷的價值。」

「你可真清楚啊，和她同班那麼久，我都還不知道她的手機是山寨機。」

毅傑湊近元凱說：「你他媽是在暗示什麼？」

我握住毅傑的肩說：「毅傑你是吃到炸彈喔？最近怎麼老是那麼衝動？冷靜一點可以嗎？」

「找不到手機是要我怎麼冷靜？」

毅傑狠狠甩開我的手，再來什麼話也不說就走了。

「毅傑……」

「別管他。」元凱說：「幫他還要被他罵，就跟他說不用擔心。唉！算了，他想自己嚇自己就讓他去吧，我懶得陪他玩偵探遊戲了。」

放學，天空一片灰濛濛的，又是一個讓人情緒低落的傍晚。

我見毅傑一人坐在校舍一樓庭院的長椅上望前沉思，便朝他走去。來到長椅旁，我往他身邊坐下，與他一同望向前方。

前方是塊水泥地，水泥地在過去就是校舍，而校舍右側牆前的水泥地正是藍伊薰跌落之處，雖然已經被清理過了，不過我仍會有種她渾身是血的屍體還在那的錯覺。

「拿走藍伊薰手機的人應該是女生。」毅傑神情凝重。

「咦？這怎麼說？」

毅傑指向校舍最右側的部分。

「那裡頭是女廁對吧？」

「對啊。」

「那間女廁是離藍伊薰屍體最近的地點，而女廁出來是校舍的側門，側門外就是圍牆，沒什麼好玩的，男生沒理由來這邊，其實平時這裡根本就不會有男生出沒，所以若拿走藍伊薰手機的人是男生，照理說應該會給人很深的印象才對，可是事發後並沒有人提出這點，因為拿走伊薰手機的人是女的，女生出現在女廁附近本來就很正常，因此才沒人反應。」

就在這時，毅傑的手機響了起來，他看到來電號碼後便露出嫌惡的眼神。

「元凱打來的？」我問。

「不曉得他又要說啥屁話。」

毅傑接起電話，本以為他又要嘴砲了，不料他竟是慌張地站起身來。

「你說真的嗎？」

見毅傑神情緊張，我趕緊問：「怎麼回事？」

「元凱說他知道兇手是誰了，要我們去河堤那裡。」

毅傑收起手機，立刻提起放在椅上的背包狂奔，我也在後跟上。

連續奔跑十分鐘後，我們在河堤前停了下來。

毅傑與我兩人都彎腰扶膝，氣喘如牛，但四處掃視，就是沒看到元凱的身影。

「媽的！不是叫我來河堤這裡嗎？難不成是在耍我？」

毅傑說完，便將身子靠在一旁的廂型車上，就在這時，廂型車大門瞬間打開。

「不想死就給我上來。」戴鴨舌帽的男人持槍對我們低吼。

我認得這男人是誰。

藍伊薰的父親，藍正天！

由於事情發生的太過突然，我大腦完全一片空白，毅傑他也愣在原地。

「給我上車！」

藍正天硬是將毅傑拉上車，接著他將槍指向我，我因為怕被殺害，兩隻腳就自動自發地幫我身體上車了。

進入車內後，我很快就見到元凱跟芷芸，他們臉上青一塊紫一塊，顯然剛被痛毆過。

「怎、怎麼回事？」

毅傑戰戰兢兢問，然後就被藍正天揍了一拳，在旁的我也被他用槍柄毆打，嘴裡瞬間都是血腥味。

當我跪在地上摀嘴發抖，耳朵便傳來藍正天的低吼。

「我早懷疑伊薰她是不堪班上同學欺負而自殺的，所以這些日子我都在跟蹤你們，現在總算是讓我逮到你們這幫混蛋了！」

「大家……對不起……」元凱含淚對我們說，芷芸則是不停哭泣。

見到此幕，我腦海自動神通。

原來如此，看來藍正天在跟蹤元凱跟芷芸時，他們倆恰巧談起這件事，然後就被偷聽到的藍正天帶上車嚴刑拷打，再被命令要把我們這些共犯騙到河堤這裡。

但真是萬萬沒想到事情居然會發展成這樣，這簡直是最糟糕的結果。

「為什麼？為什麼要這樣對她？」藍正天顫抖吼道：「只不過是偷錢而已，跟老師說老師就會處罰她了，為什麼還要逼她做那些事？你們腦子到底在想什麼？」

藍正天揮舞手槍大聲咆哮，我們四人都因害怕緊縮成一團。

「對……對不起。」毅傑渾身顫抖地說：「可是伊薰她不是我們害死的。」

藍正天將槍抵向毅傑的下巴。

「事到如今還想狡辯？聽說國王遊戲的創辦人就是你對吧？」

「是我沒錯，可是害她死的人真的不是我！」

「閉嘴！你把我唯一的寶貝女兒給奪走了，我要你現在就給我死！」

「等等！害死你女兒的人真的不是他！」我大吼。

藍正天轉過頭來說：「不用幫他狡辯，待會，其他害死伊薰的人全都會一起下地獄！」

見他額冒青筋，我認為多說無益，直接拿出手機，將那張照片秀給他看。

當他看到那張照片，五官明顯抽了一下。

那是一張在校舍天台拍攝的照片，時間是黃昏，天台邊界有兩個人，一位是綁馬尾的女同學，一位是穿圓領橘色上衣中年男子。手機照片日期顯示為四月十日下午四點三十五分，這時間正是藍伊薰墜樓身亡前兩分鐘。

藍正天如我預料的搶走我手機。

「這怎麼回事?這男的是誰?」他渾身顫抖道。

我能明白他的情緒為何如此激動，因為這張照片表明藍伊薰死前並不是獨身一人在天台，而是和另一位男子在一起，任何人看到這裡，都能立刻推斷出這男人就是兇手！

「他是我們班導孫老師。」

我冷聲說。

「咦？」毅傑也靠過來看照片，發現真的是孫老師後，說：「既然都拍到照片了幹嘛不早說？」

藍正天將槍口指向我說：「這到底是怎麼回事？快給我解釋清楚！」

我看向眾人，發現他們全都露出難以接受的神情，為了避免不必要的誤會，我先深吸一口長氣，然後才緩緩說：「好吧，我現在就好好跟你們解釋清楚。」

4.

一個月前，我們發現伊薰是偷校外教學費的兇手後，就開始逼她玩國王遊戲，一開始下的指令都只是玩笑性質的，像是叫她把別人的菜夾到自己便當盒，還是亂發考卷之類的，不過時間一久，元凱他們也開始對她下達色色的指令，上課不穿內褲、廁所自拍，或是要她偷摸男同學生殖器，到這邊為止我都還覺得挺有趣的，不過後來元凱提出的內容我就覺得有點太超過了。

「喂！我們下次叫她去跟蒙面人做愛好不好？」元凱色瞇瞇笑道。

「你不會就是那個蒙面人吧？」毅傑問。

「對啊，怎麼了？你應該沒差吧？你不是說你不喜歡她？」

「你也不是不喜歡她？」

「可是如果從肉體上來看，她的品質其實還滿上等的，嘻嘻，我很想試試看她能帶給我什麼樣的愉悅。」

「這樣太超過了吧？這已經不是惡作劇而是侵犯了。」

「你幹嘛幫她說話？她可是害你被記大過的人耶。」

「是沒錯啦，問題是……」

我站出來幫毅傑說：「元凱你要考慮清楚，這跟我們過去對她下指令的玩法是完全不同的。你是直接跟她正面交鋒，難道就不怕在她身上留下什麼證據嗎？」

「不然我摸摸她身體就好，這樣總行了吧？」元凱不耐煩說。

看來他真的很想得到伊薰的身體。

毅傑當然是拒絕這項提議，可是元凱仍不死心，不斷用「你不讓我做？難道你喜歡伊薰？」之類的話刺激毅傑，甚至還找群組其他人助陣，其他人都很色，聽到這項提議紛紛贊同，一直在群組上瘋狂洗頻，毅傑受不了，只好答應，但有提出條件，那就是一定要適可而止，不能真的侵犯伊薰，元凱他們也答應了。

不過只要是男生都知道，當他們手摸到女生身體後就停不下來，而要是事情真到這種地步，我想伊薰就算再怎麼會忍，應該也會有所行動，萬一她不堪受辱自殺那後果可不堪設想。

不行，不行讓他們得逞！

認為事情不妙的我，決定採取我自認為最好的對策。

在元凱他們還在構思時間、地點跟簡訊內容的時候，我便偷偷將伊薰伸手進芷芸書包的照片寄給孫老師。

只要孫老師發現伊薰偷錢一事，肯定會介入其中，到時伊薰她就沒有理由繼續陪我們玩遊戲，雖然伊薰和我們都可能因此事鬧上新聞，但對她來說這是最好的結果了，因為我有預感，這事如果再持續下去，肯定會演變得更加難以收拾。

那天正是四月十日，當天最後一堂課是自習課。

在寄出照片後，我一直在等待孫老師來教室處理這事，可是他遲遲未來，隨後我也發現伊薰人也不在教室。

難道她是被叫去導師室了？收到照片的孫老師是想在導師室跟她私下處理嗎？

為了確認，我悄悄離開教室，不過正當我準備下樓時，便見孫老師帶伊薰上來。

見他們倆神情凝重，我本以為孫老師已經從伊薰口中知道國王遊戲一事，並準備來教室介入其中，結果是我想太多了，他們倆根本沒進教室，而是繼續往校舍天台的方向走去。

怪了？他們上去天台做什麼？

突然間我有種不好的預感，於是趕緊跟著他們上去。

就快到逃生門口時，他們倆人的對話聲立刻傳來，我躲在鐵門後以免被他們發現。

「伊薰，你應該清楚偷竊的下場是什麼吧？」

孫老師拿出手機，在伊薰面前晃著她偷竊的照片。

「不過老師我可是很好的喔。」孫老師伸手撫摸伊薰的肩膀。

「只要妳乖乖聽老師的話，老師我就當這事沒發生過。」

伊薰猛然甩開老師的手，直吼：「原來那些簡訊都是你寄的！」

「什麼簡訊？」

「別裝傻了，那些骯髒的指令都是你寄的對吧？」

聽聞到此，我在內心暗道：「慘了！伊薰誤以為老師是對她下指令的人了。」

伊薰冷不防奪走孫老師的手機，然後迅速將那張照片刪掉。

「喂！把手機還我！」

孫老師伸手想搶回手機，伊薰一邊閃躲、一邊快速檢視老師手機內的簡訊。

「我一定要找出你那堆噁心的簡訊！」

「妳在說什麼？快把手機還我！」

「不要！」

「給我！」

「啊——」

伊薰驚叫一聲。

原來，就在孫老師好不容易將伊薰手機搶回時，伊薰也剛好因重心不穩，往後倒去。

由於我們學校天台並未開放給學生活動，因此圍欄高度沒有很高，藍伊薰整個人就這麼摔下去了。

這就是那天在校舍屋頂發生的事。

時光，回到現在。

車內氣氛肅然凝重。一種名為殺意的氣息正迅速在我們身邊蔓延。

「原來如此……原來是這樣……」

藍正天低頭自語。

毅傑面露苦笑。

「所以你不會殺我們了吧？」

一滴冷汗從我太陽穴旁滑落，所有人都看著藍正天，死寂之下車內全都是大夥的心跳聲。

只見藍正天冷笑一聲，接著閃光四起。

身體突然傳來一陣衝擊，緊接而來的就是劇烈的疼痛。

我中彈了。

眼前意識一黑，再來，意識便斷在這一幕。

5.

當我醒來後，人已經在醫院了。

病床旁站了我的父母，他們見到我醒來，緊繃的表情馬上鬆一口氣。

藍正天並沒有殺死我們，當時他是朝我們手臂、腿部這些非致命傷的地方開槍，我想可能是認為真凶雖然不是我們，但因為我們還是有對伊薰做了很多壞事才仍舊給予我們懲罰吧？

之後，警方有來找我們問事發經過，我們毫無保留整件事的來龍去脈都說出來，警方確認後說會重新調查伊薰的死，不過很快的，在藍正天殺害孫老師被捕後，這件事也就跟著落幕。

可能是校方有介入的關係，我們欺負伊薰的事並沒有流傳出去，大家都只知道孫老師殺害藍伊薰，然後藍正天為了替女兒報仇而殺了孫老師。

在我們出院後，回了教室，一切就如昔日般沒什麼變化，只是班導換了，空位也多了一個，前陣子藍伊薰的事件彷彿只是場夢境，大家仍舊滑手機、聊著最近的八卦，好像什麼事都沒發生過，感覺有點不太真實，不過現實就是如此，就好比社會發生重大案件後，大眾頂多也只會吵個兩、三個禮拜後就又平息而下。

傍晚，藍天白雲，天氣很好。我、毅傑、元凱、芷芸四人聚集在伊薰先前摔落的校舍旁。

坐在長椅上的元凱說：「結果還是不知道是誰拿走伊薰的手機。」

芷芸說：「對啊，本以為是老師拿的，可是警方沒說這件事，應該是沒在他家找到吧？」

毅傑說：「老師本來就沒有拿走伊薰的手機，當然不會在他家找到。」

元凱問：「不然到底是誰拿走伊薰的手機？」

毅傑望向我說：「還記得我先前說的那個理論吧？」

「嗯，記得。」我朝芷芸背後的女廁望去。

芷芸疑惑問：「咦？什麼理論？」

毅傑對芷芸笑了笑，隨後又將視線投向了我。

「那一天，天台上發生的事情可以再說一次嗎？」

「可以啊。」

我從我將照片寄給老師之後開始說。

我發現老師帶伊薰到天台上，並拿出手機威脅伊薰，伊薰以為老師就是對她下指令的人，就搶走老師的手機刪掉照片，並想檢視老師的簡訊，結果就在與老師拉扯中從天台上摔落……

我說到這裡，看了毅傑一眼。

他雖然沒說話，但他那雙眼神很明顯就在對我透露……

——在那之後還有後續吧？

我嘴角微微上揚。

四月十日下午四點三十六分，伊薰與老師互相拉扯後不慎往後摔下，硬生生跌在天台的水泥地上，她蜷曲在地抱著手臂痛苦呻吟，然而奪回手機的孫老師卻一點都沒有要扶她起來的意思。

「瘋婆娘。」孫老師罵了一句，旋踵便離。

我躲在後門的空隙之間，所以並沒有被孫老師撞見。

等他下樓後，我才從樓梯口出來。

「伊薰，妳沒事吧？」

我看伊薰跌到嘴唇都破了，流了一堆血，趕快將她從地上攙扶起來。

而她見到我後，雖滿臉疑惑，一副「為什麼我會出現在這裡？」的表情，但可能是剛剛摔得太重了，她疼得說不出話，見到這裡，我胸口就是一陣緊繃。

「對不起，我真沒料到事情會變成這樣。」

來。

「什……什麼意思？」

她語氣嘶啞。

「其實那張照片是我傳給老師的。」伊薰一臉錯愕，隨後就將我推了開來。

「所……所以寄那些簡訊的人……」

「嗯。」我點頭說：「主要寄件人是毅傑，但內容是我、元凱、芷芸和其他人一起討論出來的。」

「為什麼要這麼做？」

「因為毅傑他們不爽妳很久了才想整妳，但其實我根本一點都不贊成他們這樣做，所以我才會私下把照片寄給老師，想讓他介入，結果沒想到……」

話還沒說完，突然臉頰傳來一陣灼熱，我被賞了一記耳光。

「原來是這麼回事！」伊薰嘶吼，隨即又不斷捶打我的身體。

我伸出手安撫她說：「我知道妳很生氣，但我不是已經在這裡了嗎？妳懂的吧？我是站在妳這邊的，不然元凱他們之後可要對妳做更加過分的事啊！所以妳不要再生氣了。」

「怎麼可能不生氣啊！」

見伊薰又哭又吼，我有點受不了，直接上前吻她嘴唇。

「幹什麼啦？」伊薰擦嘴怒吼。

「我喜歡妳！雖然上次在體育器材室被妳拒絕，可是我還是喜歡妳，我答應以後絕對會保護妳的，所以拜託不要再拒絕我！」

「我怎可能接受得了你？況且你還對我做這些事……喜歡一個人會對她做這樣的事嗎？」

「就是因為喜歡才會做這樣的事啊！」我大聲咆哮。

之前在體育器材室對伊薰告白失敗後，我很生氣，就把芷芸保管的校外教學費放到伊薰的書包裡，然後躲在教室外偷偷觀察，等到伊薰發現自己書包有校外教學費、並一臉疑惑地把它放到芷芸書包裡後便按下快門，之後我再把錢偷走。

這是一場因愛生恨的復仇。

雖然伊薰後來有向毅傑解釋，她伸手進芷芸書包的那張照片並不如毅傑所想的那樣，可是毅傑聽不進去，繼續整她。

我也抱著報復的心態讓事情繼續進展下去，然而，毅傑和元凱怎麼整她我都可以，但是侵犯她，我絕不允許。

「伊薰，要不是我喜歡妳，我還會在這想辦法停下一切嗎？元凱他們可是要侵犯妳耶！但因為我喜歡妳，所以我不會把妳的身體交給任何人！」

「別說了。」伊薰從口袋中拿出手機。

「這些事都要結束了，剛剛的話我全都錄下來了，看我告死你！」

「咦？錄音？」

「剛剛就覺得孫老師怪怪的，想說錄音比較保險，沒想到連你這些話都錄下來，這下這噁心的變態遊戲就可以結束了，你和毅傑他們就準備在法院上等我吧。」

我伸出手，冷冷說：「把手機給我。」

「我不要，我要在你們的人生上留下污點！」

「手機給我！」

「不要！」

我走向前與伊薰拉扯，但伊薰力量極強，很快就將我推倒在地。

「想要拿我手機？除非殺了我，否則我不會交出來！」

「好吧，我原本不想用這招的……」

我緩緩站起身來，伊薰突然害怕地說：「喂！你不會是真的想殺我吧？」

我持續向前走，伊薰高舉手機吼：「你再過來我就報警了喔！」

「報警？照理來說應該是大叫比較有用吧？」

「也是，但妳真的想讓場面變得那麼難看？」

就在此時，我立刻指向她背後說：「靠！妳背後那是什麼啊？」

伊薰被我這一吼嚇得轉身過去，隨即我立刻彎腰向前，從後抱住她的雙腿往前翻，她就頭下腳上的被我翻出圍欄外，並重重摔在一樓的水泥地上，死了。

由於手機還握在她手上，我用最快的速度衝下樓，經過女廁，走到庭園，從躺在血泊中的她手中將手機拿走。

拿走手機後，我刪了錄音，也刪了毅傑一直以來寄給她的簡訊，之後便拔掉電池，往河裡丟去。

「這就是實情的全部了。」

語畢，我便拿出自己的手機，將眾人慘白的表情拍了下來。

（完）

靈去驚鬼

第二篇

夢魘避風港

1.

每天晚上，養母都會來我的房間，什麼事也不做，只站在我床頭旁注視著我。

這讓我感到不安。

之所以會發現她這怪異的行為，是有一天晚上我牛奶喝太多，想去廁所，但就在我準備起床時，聽到了門把轉動的聲音。

當時我還不知道進來的人是誰，不過在我聞到玫瑰花的香味後，我就知道進來的人是養母，她身上的玫瑰香水味，打從在育幼院初見她時就給我強烈的印象。

她進門後，我想她可能是來確認我睡得安不安穩吧？畢竟剛搬來前幾晚我還不斷被惡夢驚醒。不過現在我不再做惡夢了，因為我知道他們不會傷害我，只是為了我那一點小小的羞恥心，我不想讓養母看到我喝太多所以半夜睡不著的拙樣，因此我打消起床的念頭，繼續在床上裝睡。

然而，她進門後就完全沒有任何動作，在我背後的她動也不動，只是靜靜地站著，靜靜地呼吸。

寂靜的房間中，只有我與她的呼吸聲迴盪。

悚然，寒意從背後竄上。

雖然沒有轉過頭去看，但我能感覺到她正凝視著我。

怎麼回事？為什麼要這樣看著我呢？是因為我做錯了什麼嗎？

我心臟噗通噗通跳得好大聲，大聲到旁人都可以知道我醒著，可是養母仍然沒有動靜。

在不安的情緒下，我不由自主開始胡思亂想，養母會不會其實是個可怕的女人？雖然她平時待人溫柔，會做好吃的點心給我吃，但也對我制定了許多規定，例如早上六點半一定要起床，吃飯前一定要禱告，身上的穿著也要照她規定打扮，就連髮型也要改變。最奇怪的是，我沒有近視，可是她還是要求我戴上她給的眼鏡，雖然鏡片已經拿掉了，不過我就是很不習慣。

總覺得她好像是想把我塑造成她理想中的好孩子，即使她不會生氣罵人，但每當我對她的要求提出疑問時，她就露出讓人心寒的笑容要我不要想太多。

希望真的只是我想太多，可是養母已經站在我床頭旁很久一段時間了。

我覺得好難受，膀胱漲得又痠又疼，真的好想起來上廁所，可是不知道為什麼，我又覺得如果我真下床的話，一定會發生什麼不好的事。

要是站在我背後的人其實不是養母，而是可怕的女鬼，我心臟一定會受不了的。

我就在腦中充斥恐怖畫面的情況下，渾身緊繃半睡半醒地進入夢鄉，直到橙色的陽光透入房內，玫瑰香味也消失後，我才鬆了口氣。

恐怖的夜晚結束了。

醒來後，第一件事就是伸手去摸褲子，是乾的，好險沒尿床，都十二歲了要是還尿床一定很丟臉。

上完廁所、刷牙洗臉後，我一直在想昨晚的經歷到底是真的還是只是場夢？如果是真的，那養母這樣凝視我的目的是什麼？是怕我半夜會逃跑所以要監視我嗎？可是我一點都沒有想逃跑的意思啊？

雖說家規有些嚴格又有些奇怪，但我還是喜歡這個新家。

養父他是一位程式設計師，身材有些胖胖的，很像小熊維尼。他常在客廳用筆記型電腦寫程式，如果我經過客廳，他都會很親切跟我打招呼，甚至會邀我一起坐上沙發聊天看電視，我很喜歡他，比起那個以前整天只會揍我的生父，我認為養父的為人比較符合父親這個詞的定義。

養母是位鋼琴老師，自然捲髮盤繞在後腦勺上，是有些嚴厲的女人，雖然她並不會直接罵人，但是她會用其他方式讓你知道你錯了，比方她教我鋼琴時，如果我彈錯一段音節，她就會不說話，直到我把那段音節彈好為止。老實說，她這樣的教法給我不小的壓力，不過我還是不會討厭她，因為我沒有媽媽，而養母常在傍晚做很多好吃的餅乾，有時心情不好，吃了她做的餅乾後就會恢復了，所以我也很喜歡養母。

小可姊姊是他們的親生女兒，大我一歲，頭髮又直又長看起來很漂亮，可是她個性比較內向，不會主動和我說話，但她彈的鋼琴很好聽，每當伯母誇她有進步時，她就會露出平時難見的微笑，她的笑容看起來很美，美到讓我不敢直視。

總之，我很喜歡這個新家，當我了解到每個人都是好人時，我真的打從心底感到溫暖。

我還記得，當初在育幼院聽到有人要領養我時，我感到非常不安，因為我爸常常沒事就揍我，這讓我對他人不是很信任，就算是育幼院其他跟我同齡的孩子，我也很難融入他們。

實際上我討厭他們，他們常對我開些愚蠢的玩笑，比方說用橡皮筋偷射我還是拿紙團丟我之類的，所以我常把自己關在音樂教室，只有一個人彈鋼琴的時候，我才覺得安心。

「為什麼不想去新家呢？」

音樂教室裡，琴美姊姊和我一起坐在長椅上。

琴美姊姊是社工員，當時將我從父親魔掌中救出來的人就是她，綁著馬尾的她和藹可親，育幼院中我只敢跟她說心裡話。

「我怕新家人不喜歡我。」

「他們一定會喜歡你的。」

「要是我無法喜歡他們呢？」

「別擔心，你會喜歡上他們的。」琴美姊姊將手放在我的膝蓋上說：「你的新媽媽是鋼琴老師，等你去他們家後，一定能學到比這裡還要更多好聽的歌喔。」

在坐上養父的車後，即使有琴美姊姊陪伴，但我還是非常焦慮，當街景高速從車窗外流逝時，我甚至還產生跳車的念頭。

不過當我們下了車，來到養父的新家，不得不說我真的嚇了一跳。那是一棟只有在電視劇裡才會看得到的豪宅，總共有三層樓高，前面有小花圃，花圃上還有盪鞦韆，當下我感到前所未有的衝擊，我從沒想過我居然能住在這種地方。

琴美姊姊將手放在我肩上說：「阿光，你真是幸運的孩子，能住到這裡是你的福氣，你要好好珍惜喔。」

我點點頭，心情很激動卻不知道要說什麼。

養父走到門口前，轉身過來說：「今天是阿光正式成為我們家人的日子，我們在家門前拍一張紀念照如何？」

「這主意不錯。」養母對小可姊姊說：「去我房間拿我平時在用的那台相機。」

「記得還要拿三角架喔。」

養父補充說。

小可姊姊點點頭，進入大門。

一會兒，她拿著三角架與相機走出。

養父接過手，在大門口前架設相機與三角架，並要我們背對著家門口，這樣才能讓人與房子一起入鏡。

當養父準備調整自動拍照時，琴美姊姊走過來說：「我來幫你們拍吧。」

「好，謝謝你。」

養父跑到我們這邊來，看到養母和小可姊姊站一塊，養父說：「哇，一段時間沒注意，小可妳就跟媽媽一樣高了。」

掌鏡的琴美姊姊對我們說：「要拍照了，說西瓜。」

「西瓜！」

閃光映出。

與新家人的新羈絆就這麼刻印在相機之中。

拍完後，琴美姊姊將相機給養父檢查，養父看完，笑道：「拍得不錯喔。」

在後頭看照片的養母說：「阿光你笑起來很可愛呢。」

「謝謝。」

養父拍拍我的背說：「就直接叫媽媽吧，阿光，還有也可以直接叫我爸爸。」

「來，說一次，媽媽。」

「媽媽。」

養父指著他自己說：「爸爸。」

「爸爸。」

「這樣就對了，阿光很乖喔。」

養父摸摸我的頭，傾刻間，斗大的淚水從我眼眶流出，養父養母見狀都慌張問：「怎麼了？」

「我不知道……我不知道……」

我不停用手擦拭淚水，不曉得這是怎麼回事，我感覺很羞愧也很不安，就在這個時候，一股溫暖傳了過來。

養母將我抱入她的懷中。

「阿光，我保證一定會好好照顧你的。」

她溫柔摸著我的頭，此時我才了解，原來是我太高興了，大家真的都跟琴美姊姊說的一樣是好人，不像以前的爸爸，只要一喝酒就會打我，那段時間我真的認為自己是世上多餘的存在，每次想到這點就好害怕，但養父養母讓我明白我也是被愛的孩子，我並沒有被世界遺棄，這讓我感到安心。

因此，當我發現養母半夜進我房裡不只一次後，我便不曉得該用什麼心情來對付這個情況。

2.

「阿光在鋼琴上真的有天分呢，媽媽幫你報名下個月的比賽可以嗎？」

新家的鋼琴室，養母與我一同坐在鋼琴前的長椅上。

「比賽？」

「是我上班的音樂教室舉辦的比賽喔，參賽者都是跟你差不多年紀的小朋友，來試試看吧。」

「可是我沒有學很久耶，之前在育幼院也才學一年而已。」

「別擔心。」養母輕撫我的背說：「我的指導加上你的才能，你一定會得獎的。」

聽了養母這句話，我就非常高興。

在自己的興趣上被人稱讚，無論是誰都會感到開心，不過我還是很在意養母半夜會來我房間看我的事，所以後來我趁她外出時，向養父說出我心中的疑問。

「爸爸，媽媽睡覺時會夢遊嗎？」

客廳，我問正在看電視的養父，養父聽聞，只是搖頭說：「不會啊，怎麼了嗎？」

「沒有啦，好奇問一下。」

「阿光，你不會是看到媽媽夢遊了吧？」

「嗯，她半夜會來我房間……」

「媽媽去你房間做什麼？」

「我不知道。」

養父摸摸我的頭說：「今天她回來我問她一下好了。」

結果養母回來後，居然否認她夢遊一事，可是我很清楚晚上她真的有來我的房間……還是那其實是我在作夢？不過如果是作夢的話也太真實了吧？

於是我決定了，今晚如果養母又來我房間，我一定要確認清楚。

半夜，夜深人靜。

躺在床上的我面對大門，瞇著眼睛，靜靜等待養母的到來。

「咿——」

門輕輕地打開，養母如我預期的來了。

不過就在我準備起身時，突然臉頰上傳來溫熱的氣息，我嚇了好大一跳，她彎下腰了，她的頭正貼著我的臉！

我沒料到她這舉動，所以我嚇到整個人僵在床上不敢動，眼睛也不敢睜開。

感覺心臟快要跳出來，她到底想幹嘛？

我想睜開眼，但一想到一睜眼就會與她四目交接，我就膽戰心驚，毛骨悚然。

不過接下來，更恐怖的事情發生了。

「阿盛……」

我非常驚駭，這聲音又乾又啞，養母的嗓音根本就不是這樣子，難不成她不是養母？如果不是養母的話，那又是誰？

難道這幾天晚上來我房裡的人都不是養母嗎？

想到這裡，我開始呼吸困難，很想大聲呼叫，但我又怕我大叫後，這不明人士就會對我不利，因此我想還是不要輕舉妄動比較好。

我渾身冒冷汗，不斷在心中祈禱她趕快離去，就在這時，溫熱的液體滴落在我的臉上。

那不會是唾液吧？

雖然我沒睜眼，但我卻能感知到她正在我臉上將嘴張大，任由口中的唾液滴落在我臉上，霎時我還以為她想把我給吃掉，幸好這恐怖的體驗很短暫，唾液很快沒再滴落，她將臉離開我的臉前，是要離去了嗎？

我聽到腳步聲，她離開了。

此時我不知道我哪來的勇氣，突然起身睜開雙眼，不過已經遲了，她人已離開了房門。

但的確是養母沒錯，因為我正好捕捉到她離開房門的瞬間，那身高背影、那微捲的長髮、還有粉紅色的睡袍，果然是養母，可是她為什麼會發出那種聲音？而且她口中的阿盛又是誰？又為什麼要在我臉上流口水？越想越詭異的我突然有種想回育幼院的衝動，可是一想到育幼院那些欺負我的同學，我就又打退堂鼓。

不行，好不容易擁有了家人，我不能就這樣放棄得來不易的幸福。

搞不好養母真的只是夢遊而已，她並沒有惡意，於是我將剛剛她滴在我臉上的口水抹下。

隔天中午，大家一起在餐桌吃午餐，我一直在想到底要不要再次問清楚養母是否會夢遊這件事，不過我覺得可能還是會得到一樣的答案，畢竟養母如果有夢遊症，養父早就知道了，但他並不知道這件事，我想很有可能是他晚上睡太熟的關係，根本就沒發現養母會夢遊。

於是我決定問另一個問題。

「請問……你們有聽過阿盛這個人嗎？」

不料我才剛問完，他們三人的臉色都瞬間變了。

「你是從哪裡知道這個名字的？」養父問。

我從沒見過他那麼嚴肅的表情，突然有點後悔問了這個問題，總覺得我好像破壞了某種和諧。

我傻笑說：「我也不知道，就突然想到這名字……可能是做夢吧？」

我乾笑幾聲，但大家都不說話，現場氣氛非常尷尬。

正當我因過度緊張而不知所措時，鳥鳴式門鈴響了起來。

小可姊姊自動自發去開門，隨後她喊：「琴美姊來了。」

「打擾了。」

進到客廳的琴美姊姊笑著對我們打招呼。

養父笑說：「我們正好在吃午餐呢，要不要一起來吃。」

「不用了，我只是例行來關心而已。」

接著，琴美姊姊走到我面前問：「阿光，這段時間還住得習慣嗎？」

我很猶豫要不要跟琴美姊姊說養母那件事，可是又想到剛剛那令人不安的氣氛，而且也還沒有確認養母到底有無惡意，就先點頭回答：「嗯，很習慣喔。」

「是嗎？那就好。」

「阿光他真的很乖又懂事。」

養父笑道。

「看你們相處得還不錯，我就放心了。」

之後，琴美姊姊跟養父養母他們簡單寒暄一下，便離去了。

下午是練習鋼琴的時間，小可姊姊總是排在我前面練琴。養母站在鋼琴旁抱胸監督，小可姊姊將手輕放在鍵盤上。

優美的旋律響起，卡農。

不得不說，小可姊姊的技術很好，彈出來的音符讓人如癡如醉，但正當我沉溺在她演奏的樂曲裡，突然間「磅！」的一聲嚇我好一大跳，養母居然將鋼琴的鍵盤蓋蓋上，小可姊姊的手指就這樣硬生生被夾住。

「好、好痛！」

「一聽就知道沒用心。」

養母嚴厲地說。

「對不起。」

「妳要道歉的人不是我，是妳自己，妳今天不用彈了，去房間反省一下吧。」

小可姊姊沒有說話，只是握著發紅的手指離去。

目睹此幕的我嚇呆了，這是我第一次看到養母這樣對待小可姊姊，我覺得養母雖然有自己的堅持，但這樣好像有點太過分了，如果傷到手指的話不就更彈不好了嗎？不過更讓我吃驚的事，在客廳寫程式的養父居然對此毫無反應，難道這對他來說是家常便飯？

難道在我還沒來這裡前，小可姊姊就是這樣被養母對待的嗎？

「阿光，換你來練了。」

「好。」

我戰戰兢兢坐上鋼琴前，準備彈琴。

我彈的是給愛麗絲。因為剛才的情景一直在我眼前閃現，所以我彈得不是很好，節奏一直跑拍，音也一直彈錯。

養母突然握住我的手制止了我。

「你是怎麼了？之前不是彈得很好嗎？」

「抱歉……」

「啪！」

疼痛傳入手背裡，養母她用鐵尺打我。

「專心一點。」養母冷聲說道。

此時，養父拿著咖啡杯走過來說：「老婆，妳也用不著那麼兇嘛，阿光不是也很努力了嗎？」

養母瞪大雙眼說：「這叫努力？這可是跟阿盛一點都比不上啊！」

「阿盛？」我額冒冷汗。

養父母他們也不說話了，就跟午餐時一樣。

死寂的沉默降下，我很害怕，為何提到阿盛時他們都不說話？接著我又馬上意識到，好像是我午餐提出阿盛是誰這問題後，養母才突然情緒大變……這到底是怎麼回事？

養父率先打破沉默。

「老婆，下個月的鋼琴比賽讓妳壓力太大，妳看妳都把阿光跟妳在外面教的學生給搞混了。」

「嗯，的確是這樣。」養母擦拭額頭上的汗後，便跟我說：「阿光，阿盛是我外面的學生，你不用在意，專心彈好你的鋼琴就好了。」

「好。」我點頭。

原來阿盛是養母在外面的學生。不過我心裡卻深深認為根本就不是這麼一回事。

3.

隨著鋼琴比賽的日子越來越近，養母的指導態度也越來越嚴厲。

我和小可姊姊每天都會被打，養父本來會為我說點什麼，但後來也不再管我們，我很想把這件事情跟琴美姊姊說，想聽聽琴美姊姊的意見，可是琴美姊姊後來也一直沒來。

雖然在育幼院時，老師曾有教導我們，若發現不對勁要立即撥打他們寫在白板上的電話號碼，可是我又會想，養母她真的是在虐待我們嗎？還是只是比較嚴格而已？

因為育幼院的老師也會像她這樣處罰欺負我的小孩，而且養母也不是像我生父那樣把我揍得鼻青臉腫到吃不下飯，所以我一直在掙扎著。

還有，每當我鋼琴彈得不錯時，養母偶爾會脫口說：「阿盛真棒。」這真的讓我非常在意，不過每當我試著再次問養父母阿盛是誰，得到的答案都是一樣，我知道他們在隱瞞什麼，但若他們是基於某種不好的理由而隱瞞我，那我不就是在自尋死路？

所以後來我決定不再去管阿盛是誰，也不再去管養母每天半夜來我房間的理由，我把心全都放在鋼琴的練習上，反正只要把鋼琴彈好就不會挨打，跟以前的家比起來真的好太多了。

禮拜六，養父說要整理家裡，這是他們每個月都會進行一次的大掃除。養母分配我們每個人整理自己的房間，我就拿著掃把掃帚進自己房間打掃，不過當我將掃帚伸入床底下時，突然發現裡面好像有某種東西。我小心翼翼將那個東西掃出來，發現是一本日記。

這本日記簿的封面皺皺的，書角外翻微捲，好像是已經放在那一段時間。一開始我以為這是小可姊姊的日記，可是她的房間在隔壁，應該不可能是她的。

等等，這日記不會是阿盛的吧？

雖然當初住進來這間房間是雜物間，但搞不好以前有住過人也說不定……

不管了，先翻開日記看看再說。

日記上的字跡很潦草，顯然主人是男生，不過內容都是寫些無關緊要的事，例如今天天氣如何，在學校怎樣之類的，因為日記內容完全沒提到小可姊姊他們，我一時之間還認為這本日記搞不好根本就不屬於這個家的某一個人。

然而，當我翻到那一頁後，便是倒抽了一口長氣。

十月十四日，可能是鋼琴彈得不好，吃完媽媽的點心後肚子就好痛，不曉得媽媽在裡面放了什麼東西……

看到這裡，我赫然想起前幾天我也是一天一直拉肚子，而那天我恰巧在養母驗收時一直忘譜……

不過養母她應該不會在我的點心放了什麼不該加的吧？

我試圖安慰自己，繼續看下去。

十月十五日，明天就是鋼琴比賽了，雖然很緊張，但為了讓媽媽高興，我一定要拿到第一名。

我翻開下一頁。

十月十六日，鋼琴比賽失敗了，我太緊張了，彈錯很多地方，回家後，媽媽完全不理我……

十月十七日，今天媽媽也都不跟我說話，甚至飯也不給我吃，我好餓，還好冰箱有吐司，不過吃完後我就又拉肚子了，難道媽媽也有在吐司裡放了什麼東西嗎？

十月十九日，我發現媽媽昨晚進來我房間，雖然沒做什麼事，但我覺得她這樣好可怕，但或許是我在做夢吧？

十月二十日，我不是在作夢，媽媽她真的跑到我房裡看我睡覺，而且還拿著菜刀……我以為我要被殺了，但幸好沒有……我想媽媽一定是在懲罰我吧？為了讓她不要那麼生氣，我決定更認真地練鋼琴，並在下次拿到鋼琴比賽第一名，這樣媽媽應該就不會在生氣了。

日記到這裡就沒有了，後面完全一片空白。

我渾身冒冷汗，這本日記的主人為什麼後來沒寫了？唯一一種可能，那就是……

他死了！

我嚇得鬆開手，日記掉落在地，胃開始翻攪。

不知為何，我打從心底肯定這絕對是阿盛的日記，可是阿盛不是養母在外面教的學生嗎？為什麼他的日記會出現在我房裡？

除非阿盛根本不是外面的學生，而是……

「你在哪裡找到那本日記的？」

一聲女聲從背後傳來。

我嚇得回過頭，原來是小可姊姊。

「床……床底下……」

小可姊姊快步走來，彎下腰將日記撿起。

「忘了這件事吧，也別跟爸媽說。」

「我不要。」我抓起小可姊姊的手腕：「阿盛到底是什麼人？妳知道的吧？拜託求求妳跟我說，我保證絕對不會跟爸媽說的。」

由於實在是受不了這種未知的恐懼，我把壓抑已久的情緒都宣洩在小可姊姊身上，我緊抓她的手腕，抓到指甲都陷入她皮膚裡，直到她發出哀號，我才鬆開了手。

「抱歉。」我感到很內疚，以前在育幼院的老毛病又犯了。

不過小可姊姊並沒有生氣，相反的，她還說：「該道歉的人是我。」

她先是走到我房門口探出頭左右觀望，再關上房門，轉身朝我走來，以又快又小聲的口吻說：「阿光，我想壞事又要重演，所以還是跟你說比較好，阿盛他是我弟弟，如果他現在還在的話，應該已經跟你一樣大了。」

我聽到這裡，忍不住嚥了口沫。

「所以阿盛他……他真的……」

小可姊姊點頭時，臉色非常地慘白，而我的臉色想必也跟她一樣。

「你應該也有感受到養母對你有一種奇怪的控制慾吧？」

她問，我點點頭。

「其實你現在穿的衣服和臉上戴的眼鏡全都是阿盛的，我媽肯定把你當成阿盛的替代品了，要是這次你鋼琴比賽沒得獎，我真的很擔心你會落到跟阿盛一樣的下場。」

「不會吧……」

「阿盛他在鋼琴上很有資質，所以媽媽對她期望非常高，每天都很嚴格指導他，如果沒練好甚至還不讓他睡覺，因此阿盛精神越來越差，理所當然鋼琴也越彈越不好，最後比賽更是彈得一塌糊塗，這讓媽媽非常生氣，於是比賽過後，媽媽她就……」

聽到這裡，我胃翻騰得相當厲害。

小可姊姊繼續哽咽地說：「而雖然我知道媽媽對他做了什麼，可是我太懦弱了，不敢違背她，所以才一直悶不吭聲……其實資質不好的我本來也是要死的，是爸爸讓我留了下來。」

「爸爸讓妳留下來？什麼意思？」

「我想……純粹只是因為我是女孩子的關係吧？」

小可姊姊露出苦笑。

我想起在育幼院認識一位女孩的經歷，直問：「難不成養父對妳——」

小可姊姊握起我的手打斷了我。

「總之，阿光你之後一定要非常小心。」

「那、那就報警吧！」

我激動地說。

「不行！絕對不能報警！」

「為什麼不能報警？事情都這麼嚴重了！」

小可姊姊突然哭了出來。

「對不起，剛剛我沒實話實說，其實阿盛那件事，我也有參與。」

「什麼？」

小可姊姊邊流淚邊說，在鋼琴比賽後，養母突然提議去溪邊郊遊，但其實她是認為阿盛無心在鋼琴上了，所以想用偽造意外的方式殺他。在阿盛溺水的時候，他們全家人就這樣看他慢慢失去力氣沉入水底，爸媽再編一套口供，讓警方相信阿盛是自己遊太遠淹死的。

不過在那之後不久，養母又懷念起了阿盛，她半夜不睡覺，就對著空鋼琴叫罵，彷彿阿盛還在那裡一般，養父受不了，才提議去領養孩童。

「所以如果報警的話，我也會完蛋的。」

「那該怎麼辦？難不成要這樣繼續下去？」

「不然這樣好了，我有一個提議。」小可姊姊將眼淚抹去，「鋼琴比賽當天，你就故意裝瘋。」

「裝瘋？」

「沒錯，你想辦法裝瘋吸引觀眾的注意，最好裝成受不了媽媽嚴厲指導而嚎啕大哭的樣子，這樣就算比賽沒得獎，我媽應該也不會對你怎樣，因為你已經引起大家的注意，要是突然消失或出意外，我媽可是會遭人懷疑的。」

「喔……」

「還有你這樣做的話，你就能以我媽管教不當為由而被送回育幼院，這樣一來，只要你之後不提，阿盛這件事就不會曝光，我也不會被警察抓，同時你也保住性命。」

「可是這樣的話，妳不就永遠要待在這裡？」

「沒關係……只要我爸還在，我媽就不會對我怎樣的。」

聽她這樣說，我突然感覺很哀傷，可是這好像也是我們所能想出最好的辦法了，無論是我，還是小可姊姊。

4.

夜深了，再過十分鐘就要十二點了，到了那時，養母就會來凝視我。

我在床上重新思考小可姊姊說的話，突然之間，我拿起了背包，迅速將我的個人物品收到背包裡。

得趕緊逃！

都已經知道這個家不正常了，哪還能再像平常一樣繼續裝睡下去啊！

不過當我穿起外套後，突然想到應該也要帶小可姊姊一起逃，雖然她是殺害阿勝的共犯所以也會被抓，但總比待在這鬼地方來得好。

於是，我緩緩將窗戶打開，小可姊姊的房間就在隔壁，我只要從陽台跨過去就可以從窗戶進去她房裡了，而之所以選擇從窗外過去，是為了避免在走廊上與養母相撞。

眼看十二點就要到來，我立刻攀出窗外，將腳踩在陽台的圍牆上，往前跳到小可姊姊房間的陽台。

安穩落地後，我將落地窗拉開，裡面烏漆抹黑，伸手不見五指。

我小心翼翼走進去，伸手摸到床的位置後，便爬上床輕聲說：「小可姊姊，小可姊姊。」

我喚了幾聲，小可姊姊卻完全沒有任何反應，可能是睡得太熟了，我決定搖她的身子，不料手卻撲了空。

床上沒有人。

同一時間，我隱約聽到我房間的門發出「咿——」的開門聲。

我呼吸停了下來。

難不成……難不成……

房門外傳來急促的腳步聲，我準備下床想跳出窗戶，房間的燈卻先亮了起來。

「哎呀，這下可尷尬了呢。」

穿粉色睡衣、頂著捲髮的女人就站在門口，不過她的臉不是養母的臉，而是小可姊姊的臉。

她皮笑肉不笑，伸手卸下捲髮造型的假髮，黑長的直法從她肩後散落而下。

「為什麼要這麼做？」

我嗓音顫抖地問。

「因為我討厭你。」

「咦？」

「明明只是跟阿盛同歲，人長得又不像，鋼琴也沒他厲害，但媽媽竟然還是把你當成阿盛在教，這我怎麼樣都看不過去，所以我才會這樣做，讓你對媽媽產生恐懼。」

我搞不清楚怎麼回事，只覺得小可姊姊扭曲的表情很恐怖。

「那之前妳說的那些話都是假的？」

「他淹死這件事是真的。」她冷笑：「不過日記是我偽造的，殺了他的人也不是媽媽，其實爸媽根本就不知道他是被我殺的，哈哈！讓他在溪裡淹死真是太完美了，誰叫他都不會犯錯，在這個家被罵被打的人永遠都是我！」

小可姊姊冷不防貼上前來。

脖子上傳來一種冰涼的觸感，小可姊姊將剪刀貼在我脖子上。

「本來想讓你在鋼琴比賽上發瘋讓那個偏心的媽媽丟臉丟到家，不過看樣子是沒辦法了，現在該怎麼辦呢？」

「你想殺了我嗎？」

小可姊姊嘴角上揚。

「是啊，不過不是在這裡，現在還不是殺你的好時機，畢竟這裏可不是荒郊野外，屍體處理很麻煩……算了，既然現在情況都變成這樣，你明天就給我反抗爸媽，讓他們把你送回育幼院，這樣我算對你很好了吧？」

「嗯、嗯嗯！」我猛點頭：「我會照做的，所以拜託妳不要傷害我。」

「嗯，那就這麼說定啦。」小可姊姊放下剪刀，轉過身背對我說：「那就請你回去睡吧，記得要照我的話去做喔。」

「好……好妳個大頭鬼啦！」

我舉起檯燈往她後腦勺敲下去，她哀嚎一聲，摔倒在地，剪刀滑出房門外。

她伸出手想拿回剪刀，我趕緊抓住她的腳往後拖行。

「放開我！」

「不要！」

小可姊姊立即翻過身子，用腳重踢我的臉孔，疼痛直衝鼻腔內，我摀起臉往後癱倒。

「很好啊！你這死孩子，你真的把我惹火了！」

小可姊姐將剪刀拾起，朝我衝來，慌亂之下，我隨手拿起東西就丟，筆筒、參考書、課本、漫畫、化妝品、小仙人掌、撲滿、手機，反正只要是在我附近的東西，我全都撿起來向她扔去。

「你夠了！」

她持刀衝來，我拿起一本字典擋住，剪刀就這麼插在字典上，刀尖穿透字典，差一點就要刺中我的眼球。

眼看她想把卡住的剪刀拔出，我馬上將字典扭轉一百八十度，她便是哀號一聲，字典跟剪刀都掉到地上。

見她緊握手腕，想必是扭傷了，於是我抬起垃圾桶往她臉砸下去，她人就躺下去了，嘴裡都是鮮血，接著我將垃圾桶裡的垃圾傾倒在她身上，乘勝追擊。

「知道厲害了吧？」

不得不承認，我生起氣來是非常可怕的，可怕到我都會覺得我是不是有遺傳到我爸的惡習。其實之前會被育幼院其他孩子欺負，也是因為我第一天就毆打一位來找我攀談的孩子的關係。

「你這王八蛋！」

她朝我肚子狠踢一腳，我抱腹跪地，隨即她從地上站起，並伸出雙手掐住我的脖子。

「給我去死！」她吐著血吼。

我感覺無法呼吸，很痛苦，但無論我怎麼敲打她身子，她就是不放手。眼前的意識越來越模糊，我快死了……

「住手！」

養父的吼聲傳來，隨後小可姊姊就被他給拉出房門。

養母這時也跑到我身旁，伸手摸我脖子說：「我的天啊！阿光你有沒有怎樣？」

在意識逐漸恢復下，見養母的眼神閃爍淚光，過去對她那些恐怖的陰影全都煙消雲散了。

養父養母沒有問題，有問題的人是小可姊姊。

深夜十二點半，我們一家四口聚在客廳，大家都不說話，空氣中只有時鐘的滴噠聲迴盪。氣氛很沉重，沉重的讓人膽戰心驚。

率先開口的是養父。

「小可，妳為什麼要這樣做呢？」

小可姊姊冷笑一聲：「因為我討厭他。」

「為什麼討厭阿光？」養母問。

「你們不是最清楚嗎？」小可姊姊脫下袖口，亮出她手臂上那幾十道瘀青說：「阿光明明比阿盛還不行，但受到的懲罰卻比我輕那麼多，這根本就不公平！」

「小可，我……」

小可姊姊站起來指向養母說：「閉嘴！妳這不配當媽媽的傢伙！小時候彈不好打我就算了，還把我鎖進閣樓，到底是怎樣啊？」

養父舉起手掌說：「別激動，我們好好聊好不好？」

「我才不要，反正你們又不愛我，我受夠當乖孩子了，今天，我要當一個壞孩子！」

「我們是愛妳的啊！」養母將手放在自己胸口上說：「難道妳都沒感受到嗎？」

「愛我？去領養阿光然後讓他裝成以前的阿盛自我滿足，這樣叫愛我？」

養父此時冷冷地說：「小可，我們都知道了。」

「知道什麼？」

「阿盛那件事……其實是妳做的對吧？」

「你、你們早就知道了？」

養父養母點頭不語。

「那為什麼不跟警察說？」

「那當然是因為我們愛妳啊！」養母站起來說：「抱歉，這段時間讓妳受那麼多苦，但我們知道錯了，既然妳那麼討厭鋼琴，我以後不會再強迫妳彈琴了。」

「那阿光呢？阿光會回育幼院嗎？」

「阿光為何要回育幼院？他會一直陪著我們啊。」

「為什麼！不是說愛我嗎？為什麼還需要阿光啊？他都知道這些事了，應該也不想待在這了吧？對吧，阿光？」

「這個……我……」

的確，就算已經解開心結，但這個家對我來說實在太莫名其妙，自己的兒子都被女兒殺死了居然還讓她留在家？我看我還是回育幼院比較好，但就在我準備開口時，養父突然跪了下來。

「阿光，拜託你別走。」

養母也跪下來說：「阿光，你真的很像阿盛，真的！所以拜託你別走好嗎？我們一家一定要四個人才是幸福的。」

「搞什麼啊！」小可姊姊揮手咆哮：「你們怎麼可以這樣？」

「抱歉，小可。」養父站起身來說：「妳也體諒一下爸爸媽媽吧，爸媽我們的理想一直都是有一個好女兒跟好兒子，就當作是為了我們的理想好嗎？我也跟你保證，家規會放鬆一點，絕不會再讓你受苦了。」

養母也站起來說：「沒錯，從今以後，我們就放下以往的仇恨，全家四個人一起向前邁進直前吧。」

隨後，小可沒有說話，只是流下淚水，大家都哭了。

我也哭了。

原來我在這個家只是阿盛的替代品，養父養母根本不當我是阿光，他們不是愛我的，而是愛之前那個阿盛。

「哈哈，所以不可能只愛我一個嘍？」

「小可……」

養父伸手摸小可姊姊的頭髮，但她卻突然從背後抽出一把水果刀。

「小可，妳要做什麼？」

「哈哈！反正我已經知道你們根本不會只愛我一人，那就算了，再見！」

吼完，小可姊姊將刀往自己頸動脈一劃，鮮紅色的血便噴了出來。

此時眼前的情況已經超乎我的想像，我只能愣在原地，看著小可姊姊把自己的生命噴得乾乾淨淨。

（完）

第三篇

事發前的五秒鐘

1.

一睜開眼，我發現自己掛在一棵大樹的樹枝上。腹部頻頻發出劇痛，全身上下也都很痛。

到底發生什麼事了？

我懸空的雙腳下是一片叢林，將視線透過茂密的葉群，雜草叢生的泥地上有許多鐵屑，還有一輛翻覆的遊覽車。

一輛遊覽車居然側躺在我的前下方！而且它的車頂呢？

我想我要好好說明一下，我所見到的遊覽車是橫向側翻的，四個輪子面向我，車身附近有幾塊扭曲又四分五裂的白色鐵板，那些殘片該不會就是遊覽車那消失的車頂吧？不過這到底是怎麼回事？

我小心翼翼轉頭，將視線往身後投去，令人難受的刺痛感馬上從全身筋肉傳來，但我還是能稍微抬頭。

我看見我左後上方的護欄破了一個大洞。

看來事情是這樣子的：我校外教學所搭的遊覽車衝出護欄翻下山谷中的

叢林，而車身在山壁上翻覆時我被甩了出來，並幸運地掛到這棵大樹的樹枝上。

將視線往下方挪，我的身體離腳下的泥地距離大約有四公尺，這高度要高不高，要低不低。

周圍有其他零星的樹枝，大小還算粗壯，一直這樣掛在樹枝上也不是辦法，我想我應該是可以像猩猩一樣慢慢藉由它們爬下去。

我忍著痛小心翼翼在樹枝上將自己腰挺直，並努力往下對準離我腳下約半公尺那根樹枝。希望它的粗硬度能支撐我的重量。

隨即，雙手一鬆。讓人腳底發涼的墜落感襲來，我往下墜落，眼看快要抓到樹枝時，我趕緊伸出手。

抓到了！

但抓到樹枝的那一剎那，我也因力的衝擊而承受自己摔下的力量，胸口衝入一股痛楚，這讓我咳了口血。

「痛死了！」我哀號著。

不料此時我雙手突然沒力，我整個人便往下摔落。摔落時我還能感到皮膚被葉片劃破的感覺，再來背後就是傳來一股沉悶的痛楚。

我很慶幸還能感受這股劇痛，因為這代表我沒摔死，死人就感覺不到痛了。

不過我仍像個植物人般癱在地上喘息一段時間，等到疼痛降到能夠忍耐的範圍後，我扭起身子，伸手將自己撐起。

下個瞬間，我倒抽一口氣。一張慘白的臉映入眼簾。

我知道那是誰，那是我同學，名叫蔡祐嘉，平時跟他不熟，不過看他頭後面噴出的血漿，他應該是遊覽車翻下後被甩出來摔死的。

唉，待會應該還會再看到其他同學的屍體吧？

此時我突然覺得自己好像怪怪的，都出了那麼大的意外居然還這麼冷靜，平時看電影，主角遇到這種事故通常都會大吼大叫或又哭又鬧的，我怎麼只覺得頭很昏而且全身痛得難受而已？難道那些都是電影效果嗎？實際上人遇到大災難時其實並不會這樣發瘋，反而是異常冷靜？

不，等等，我記得我剛剛的確也有產生害怕的情緒，就是在從樹枝上摔下來的時候。

或許是剛摔下來時已經嚇破膽了，所以心理才會異常冷靜吧？等到我獲救、緊繃的神經放鬆下來後，搞不好就會哭得跟被放進烤箱裡的嬰兒一樣慘，或者罹患創傷後壓力症候群吧？

算了，不管這個了。

我站起身來，果然沒走幾步，又看到幾名同學倒在泥地上，他們四肢扭曲口吐鮮血，明顯已死。

接著我下意識抬頭往上看，我想說既然我都被掛在樹上了，那其他大樹的樹枝上應該也掛著同學吧。

果然，我很快看見一位女同學掛在樹上，由於她位於我正頭上，所以我趕緊離開，以免她之後滑下來砸到我。

我持續前走，路面有點傾斜，這讓我腳踝很痛，不過我還是持續向前。越靠近遊覽車，就越來越多零食包裝跟背包、以及來自車身上的鐵片碎屑。

總算走到遊覽車這裡了，不過當我走到車頂那一側時，我發現車上居然沒半個人，大家不會都在遊覽車翻覆時摔出去了吧？

突然一聲女聲傳來，聽聲音的方向是在車尾附近，她叫得很淒慘，我趕緊朝她的方向走去。

當我到車尾後，馬上就見到一名短髮的女同學，她的腿被鐵椅壓著，而那張鐵椅已經從遊覽車上分離，附帶一提，我認得那短髮女同學是誰，她是葉羽崎，是我的心上人。

「羽崎！忍著點，我來救妳了！」

可能是腿被椅子壓著太痛了，她連話都沒辦法說，只能不停哀叫，於是我過去幫她將倒在她腿上的鐵椅挪開，但沒想到鐵椅超級重，根本挪不動，畢竟是二人座的椅子，我想她的腿應該是斷了。

此時羽崎已經痛到臉上都毫無血色，我想我應該要趕快去找跟我一樣活著的人來幫忙，便跟她說：「妳再忍一下，我去找人來幫忙。」

結果她忽然抓住我的手臂，好像是想對我說什麼，於是我在她身旁跪下，將耳朵靠近她的耳邊。

「怎麼了？」

「有……有壞人……」

「什麼壞人？」

「我……看到了……有個蒙面歹徒……拿著槍，翻車就是因為他……」

她口氣虛弱地說。

就在這時，記憶神奇的恢復了！

就像電影的回憶場景一般，我人一瞬間就置身在遊覽車內，我能看見車窗外流逝的山景，也能聽到同學聊天和唱卡拉ＯＫ的聲音，雖然不知道時間點，但我直覺這回憶場景應該距離翻車前沒多久。

「你昨天打到第幾隻王了？」

男聲從旁傳來，我轉頭看去，是一個頭染金髮的男同學。

他是梁子龍，是我的好麻吉。

「打到第五隻了。」

「遜耶！你不都玩一個月了怎麼還在第五隻？」

「就沒時間玩，嗆屁？」

此時子龍打開手上的多力多滋，我直接伸手拿，反正是好朋友，不會被尻頭。

就在我吃了一片後，梁子龍突然對我擺了眼色。

「怎？」

我疑惑問。

子龍小聲說：「你問問看她要不要吃？」

「誰？」

「別裝傻啦，就羽崎啊。」

原來遊覽車還沒翻覆之前，羽崎就坐在我背後的座位。

子龍把整包多力多滋塞給我，我知道他想藉由讓我分享餅乾跟羽崎互動，他很看好我們這組，只是我太沒自信了至今一直都不太敢跟羽崎告白。

「快點啦。」子龍催促說。

「好啦好啦。」

於是我挺起腰並且轉過身，短髮的貓眼天使映入眼簾，那就是葉羽崎，純真的她，每天半夜我都要看她的FB相簿才能安心入眠。

「要不要吃多力多滋啊？」我在她面前搖晃多力多滋的包裝。

羽崎見狀，就微笑說：「好啊。」

羽崎是那種不管誰跟她搭話她都可以很自然回話的人，這讓人覺得她不會有距離感，而這也是我喜歡她的一點。

「那我就拿一片走了。」

羽崎朝我伸出手來，但就在這時，她的手突然停在半空中，而且臉色還變得異常蒼白。

「怎麼了？」

只見羽崎嘴唇顫抖看著我，不，她是在看我的背後，是我背後有什麼嗎？

正當我轉頭過去時，畫面突然一黑。

記憶到這裡就斷了。

我人又回到翻覆的遊覽車旁，羽琪人就在我身旁被鐵椅壓得臉色慘白。

「記憶斷得也太剛好了吧？就快想起來了耶。」我敲著頭說。

「想起什麼？」

羽崎虛弱地問，我苦笑跟她說：「沒事。」

我想很可能我轉頭那一瞬間，車子剛好翻覆，我撞到頭，然後摔出去，因此失去了這段記憶，但那時真的有持槍的蒙面歹徒在車上嗎？

如果真的有蒙面歹徒，那他人現在又在哪？

就在這時，一聲哀嚎傳入耳裡。

那是梁子龍的聲音！

「有人在嗎？」子龍的聲音從前方的樹林裡傳來。

我馬上回：「有！」

前方的樹林再度傳來子龍的吼音。

「郁証？你還活著？你有沒有怎樣？」

「除了全身痠痛，沒有，你呢？」

「我……我覺得我的左腳好像摔斷了，你可以來幫我嗎？」

聽到他這樣說，我轉頭看一下羽崎，羽崎仍害怕地抓著我的手，可是我又不能放子龍爛在樹林裡，我便跟羽崎說：「抱歉，我很快就回來。」

「別、別走……」

「沒關係，我真的很快就回來。」

我想去把子龍帶回這裡，可是羽崎還是死抓著我不放，我沒辦法，只好在她耳邊輕聲說：「羽崎，我每天晚上都看妳ＦＢ做髒髒的事。」

「啊？」

就在她驚駭的瞬間，我趕緊甩開她的手，再來就是直接闖入森林裡，尋找子龍。

「子龍！」進樹林後，我呼喚子龍的名。

「郁証！我在這！」

我聽到聲音了，大約是十點鐘方向，很近。

我拖著渾身是傷的身子翻過草叢，結果又見到幾名同學躺在地上。

看他們都動也不動，應該是都死了。但我還是沒見到子龍。

「子龍！」

「這裡！」

聲音很近！

我翻過擋在眼前的樹枝，馬上就見到頭染金髮的他。

他背靠著樹幹，雙手抱著左腿，我看他腳踝朝外歪曲，感覺就很痛。

他一見到我，表情就像是看到神一樣。

「天啊！還好你沒死。」

「你也是。」

我走到他身邊說：「我馬上扶你起來。」

「好，謝啦。」

當我將他攙扶起來途中，他還哀號幾聲，看樣子是真的很痛。

過了一會，我總算將他從地上扶起。

「還有其他人活著嗎？」他問。

「除了羽崎外，其他人不知道。」

「什麼意思？」

「等下你就知道了。」

我攙扶子龍走回原路，讓他看見躺在地上那幾名同學。

「喂！你們如果聽得到的話就回覆吧！」

子龍對躺在地上那些同學吼，但那些同學全都沒有反應。

「對了，子龍，在遊覽車翻車前，你有看到持槍的蒙面歹徒嗎？」

「什麼蒙面歹徒？」

「我剛從羽崎那聽來的，她說遊覽車會翻車，都是因為一個持槍的蒙面歹徒。」

「有這種事？」子龍皺眉頭。

眼見離羽崎的身子近了，我說：「不然你等等直接問問她吧。」

到了羽崎身旁，子龍見她雙腿被椅子壓，直說：「天啊，好慘。」

羽崎只是一直哭，沒有回應。

「子龍，你可以幫我抬嗎？」我問。

子龍將手從我肩上放下，然後試著用右腳站穩身子：「我想應該能，試試看吧。」

「好。」

因為子龍行動不方便，所以我讓他站在羽崎右腳的位置，我則繞過去羽崎左腳的地方。

我將手放在椅子的鐵架上，子龍也是。

「數到三就抬起來。」

「好，一、二、三！」我們同時用力，椅子就動了。

我們很有默契地將椅子往外翻倒，總算是將壓在羽崎腿上的椅子給移走。

「呼！」

我擦著汗說，羽崎的百褶裙下，那雙大腿呈現大半紫色的瘀青。

羽崎破涕為笑，顯然鬆了一口氣，不過很快又緊張地說：「那個……歹徒……」

「歹徒？」子龍問：「妳真的看到了？」

羽崎點點頭。

「可是我根本就沒看到什麼歹徒啊？」子龍抓著後腦勺說。

「會不會是你驚嚇過度記憶混亂了，你再仔細回想翻車前的景象。」

「翻車前……我還記得我把多力多滋給你，然後就……啊，我想到了。」

子龍伸手進口袋，卻又空著手出來。

「你幹嘛？」

「沒啦，想拿手機，反射性動作。」

「什麼？」

「就是在翻車前，我手機剛好震動，有人傳簡訊給我，於是我拿出來看，然後車就翻了。」

「喔，所以當時你沒有看車的走廊。」

「嗯。」

「好吧，那就先不管那個蒙面歹徒了，就算真有蒙面歹徒，我們總也不能放著其他同學不管吧？剛剛那些倒在地上的同學搞不好都還有呼吸。」

「說的也是，我們一起去喚醒他們看看，對了，還有老師，都忘了他，如果他還活著那就更好了。」

「我……我有看到老師……」

「咦？」

我和子龍同時疑惑，羽崎將視線往上挪，那是叢林的另一邊，我看過去，就發現一個成年男性被壓在碎裂的車頂鐵皮下，露出的上半身都是鮮血。

「哇！真慘！」

「那現在怎辦？」子龍問。

「什麼怎辦？就一樣繼續找看看有沒有其他生還者……對了，手機啦，靠！子龍你先報警，不然不知道還要等多久才會被其他路過的民眾發現。」

「可是我手機不知道飛去哪了。」

「這裡不是一堆包包嗎?翻一翻隨便找台手機報警吧。」

「好喔。」

於是，我和子龍開始翻包包找手機。

而雖然羽崎說有歹徒，不過我越來越覺得應該是她看錯了，蒙面歹徒很可能是她驚嚇過度而產生的幻覺，因為當時車上並沒有人發出尖叫，照理來說如果走廊上有個蒙面歹徒，大家應該都會看到，還是……大家都跟子龍一樣，都在做別的事所以沒注意到前方。

子龍隨便翻了翻包包，說：「找到了!這好像是佳欣的。」

子龍拿出手機，滑開螢幕。

「媽的!要密碼。」

「有密碼沒差啊，還是可以打緊急電話。」

「對喔，我都忘了。」

然而，就在子龍準備打電話時，一聲吼音傳來。

「喂!」

我轉頭看去，就看到一名頭破血流的中年男子。

是司機！

「你沒事吧？」

我見司機抱著左臂，司機見我，馬上說：「快逃，這裡有壞人！」

「有壞人？」

「嗯……」司機走了過來，我看他全身都是泥土，左手上臂還流著血，他說：「我在開車的時候，被他射了一槍。」

「咦？」子龍驚訝問：「所以真的有蒙面歹徒？」

司機點頭說：「對，我們得趕快離開這裡。」

「等等！」

「怎麼了？」

我指著司機說：「你就是那個歹徒對吧？」

「咦？」子龍發出疑惑聲，司機更是滿臉不解。

「你在說什麼啊？，我左手都被射了，哪可能是歹徒？」

「如果歹徒持槍射你，位於駕駛座的你應該是被射中右手，就算是射中左手，傷口也不可能是這樣，唯一的解釋就是翻車時，你所持的手槍走火打入你的左手裡的。」

子龍抓著我手臂說：「你在說什麼鬼話？」

「這不是鬼話，這是真相！」

「什麼……」

「唯有跳出思維框架才能領悟真相，你以前不是常常這樣跟我說嗎？」

「我有嗎？」

此時司機說：「好！如果我是歹徒，那遊覽車又為什麼會翻？」

「司機不在駕駛座上當然會翻車！」我大吼。

司機立刻舉起右手將槍口指向我們。

「沒想到居然會被你發現，好吧……沒錯，我就是歹徒。」

子龍大罵：「靠！還真的是這樣喔？」

「你為什麼要這麼做？」我緊握雙拳問。

「因為我受夠你們這些小屁孩了！吵吵吵！唱卡拉ＯＫ就算了，聊天又聊那麼大聲，是想要把車頂吵翻嗎？」

「你自己已經把車頂給撞翻了。」

「夠了！你們全都去死吧。」

司機扣下板機。

子龍中槍，躺了。

「喂！子龍！」

「再來就是你了！」

「去你的！」

我朝司機暴衝過去，內心完全沒一絲害怕，因為我腦海跳出了著名的二十一英呎法則！所謂的二十一英呎法則，簡單來說，就算是受過專業訓練的員警，持槍面對暴徒至少也要距離對方六公尺以上才不會被制伏，因此我才敢向他衝去。

很快，我將他撲倒在地，並隨手撿起一旁的石頭，重重往他臉上砸去，然後他就昏了。

「呼，真是個神經病！」

之後，有民眾發現摔下山谷的我們，在被送入醫院後，我被醫生告知只有我和羽崎生還，其他人都死了，連司機都死了，他是被我用石頭砸死的。

後來羽崎永久性下半身癱瘓，而我則是因親手殺了司機、加上親眼目睹好友死去而罹患創傷壓力症候群，到了現在，我仍在精神病院接受治療……

（完）

第四篇
拉克西斯的臥房

1.

「又失敗了嗎？」

看到信箱中以罐頭訊息組成的退稿信後，我渾身無力往地上癱去。拼了整整七年，每天熬夜寫稿，就算住院也不休息，寫下的字數超過百萬，結果仍無法成為真正的作家，如今我已經二十九歲了，卻沒什麼豐功偉業，當朋友都已經有自己的事業，甚至有自己的家庭時，我所擁有的就只是間五坪的小套房，以及一台鍵盤破損的小筆電。

先自我介紹一下，我是洪嘉榴，工廠作業員，長相普通，沒女朋友，是個隨處可見的平凡男子，不過在網路上，我自認自己還算小有名氣，自從大學畢業以後，我為自己取了個筆名叫餘火，並在網上經營自己的小說連載網。

扣掉投稿失敗的小說，我在網站上也寫了將近百篇文，每篇點擊數平均五千上下，再少也不會低於一千，在這資訊量龐大變遷又快速的時代，能達到這樣的成績其實已經很不簡單，最起碼我還能用網路作家這個頭銜來稱自己是作家，但我從來不這樣做，也不敢這樣做。

因為當別人問我，我花費那麼多時間心力在寫作上到底能不能有所成就時，我實在沒辦法給他們答案。

沒錯，成就。

對一般人來說，作家的成就取決於你的書有沒有出版，如果沒有，即便你寫得故事很有料，梗很創新又受網民歡迎，只要沒出版，那你就是條魯蛇，這社會就是這麼現實，只有出過書而且還暢銷的人才有資格稱自己是作家，就算他出版的小說內容其實很普通、用字遣詞很差情節又老套，但他確實就是作家沒錯，至少人家的書可是放在書局中當月推薦書籍的架上呢！

既然都說到這了，現在就順便教你怎麼分辨一個人是真正的作家，你只要把這名作家的筆名跟一個不怎麼看書的朋友說，如果你朋友知道，那這名作家就是真正的作家。

其實我本來也不信這套的，以前的我相信只要專注在自己喜愛的事物上努力打拼，就算到最後沒達到任何成就仍還是能被大家認同，直到我被家人斷絕往來、連曾欣賞我作品的朋友都遠離我後，我才明白成就對一個人來說是如此重要。

我們對於他人的評價取決於他過去所達到的成就，所以我才一直想成為摩伊拉集團旗下出版社的作家。

摩伊拉集團，國內最大娛樂傳媒公司，其『摩伊拉』之名源自於希臘神話中命運三女神的總稱，跟摩斯拉沒什麼關係。

摩伊拉集團經營出版、遊戲、電影、動漫、歌曲、玩具零售、網路媒體、手機軟硬體等各式娛樂項目，他們無所不在，你手機上用的軟體、常上的社群網站、你所分享的音樂、睡前閱讀的暢銷小說、你去電影院看的當紅電影，其源頭都可以追溯到他們。

他們幾乎掌控國內各大娛樂管道與通路，以小說家來說，若你的作品有幸能被他們的出版社出版，那就會有高機率被改編成動漫、電影與遊戲，而在作品以各種形式面世後，該作品的作家名聲也必定大漲，接著隨之而來的就是源源不絕的錢財。

簡單來說，只要成為摩伊拉集團旗下的作家，那一輩子都不愁吃穿了。

但，我失敗了。雖然我很努力，但這世界很殘酷，不是你努力就可以得到幸福快樂的結局。

此時，躺在地上的我眼前閃現過往的景象，那是我還沒被趕出家門前發生的事。

當時正值深夜，窗外夜深人靜，連小狗都不吹狗螺，在空氣中震盪的，只有鍵盤劈里啪啦的敲擊聲。

我正為徵稿比賽熬夜趕稿，卻惹得半夜起床的母親很不高興。

她進來我房間說：「你可不可以不要再寫了？」

「為什麼？」

「你看你為了寫作，身體胖成這樣，半夜又都不睡覺，媽媽很擔心你。」

我本來想頂嘴說寫作跟身體胖有什麼關係？不過在左手拿起兩根薯條並塞到自己嘴裡後，我才發現到，原來自己為了通宵趕稿，竟然買了五包大薯！

「不用擔心啦。」我舔舔手指上的薯油說：「我又沒生病，如果真的寫累了，我會去休息的。」

母親突然將我的筆電蓋上。

「妳幹嘛啦？我正寫到精彩的地方耶！」

「你黑眼圈很深你知不知道？」

「這又沒什麼大不了的，妳趕快回去睡覺。」

我想打開筆電，母親卻將整台筆電給摔出房外。

「你不要再寫了！我不准你寫！」

看到筆電被摔到地上，我火氣整個上來。

「喂！要是摔壞檔案都不見，妳要怎麼賠我？」

「我這是在救你！你再這樣下去搞不好會暴斃啊！我現在就只剩你一個兒子，難道你也要像你妹妹一樣離開我嗎？」

「拜託！玥千她又沒寫小說寫到暴斃，不要扯到她好嗎？」

「我不管！」母親緊抓我的雙臂搖著我說：「你停筆好不好？爸爸跟媽媽都給你兩年的時間了，現在我們都快老了，已經沒多餘的時間給你這樣浪費下去，所以求求你，你就跟其他人一樣去大公司上班好嗎？以你的學歷，一定能找到一間待遇不錯的公司。」

聽到這番話，我總算理解母親真正的想法。

她根本不是在擔心我的身體，她只不過是認為親戚朋友的小孩都去大公司上班，自己的小孩卻整天宅在家寫稿而感到丟臉而已。

還說什麼自己已經老了……我又不是白痴，我當然也知道我不能一直在家靠爸媽過活，於是我說：「媽，抱歉，我會出去找工作的，但我真的不能放棄寫作，相信我，只要再讓我努力個三、五年，我一定會變成暢銷作家給妳看。」

不料母親聽聞卻直搖頭。

「你還沒醒過來嗎？假如你有成為暢銷作家的命，那你現在早就是了，但看看你現在，寫了那麼久，連一本書都還沒出版！」

「凡事都要時間啊，哪可能一步登天？」

「但你也花太多時間了吧？你一天二十四小時幾乎都在寫作，寫到三餐都不正常，生活亂七八糟，但出版社有收你的稿嗎？沒有！我講認真的，既然你不是作家那就別再寫了！沒有稿費的寫作根本只是白費力氣。」

「那歌手沒成名時就不用練歌了嗎？演員沒接到案就不用練習演技嗎？妳那什麼鬼邏輯？」

「我就是不要你寫！我就是不要你寫！」

母親的嘶吼聲在房裡迴盪。

之後她吼什麼，又對我罵了什麼，我也記不清了，反正結局就是我們雙方撕破臉，然後我被趕出家門。

在租到現在這間小套房後，我就發誓，我一定要成為摩伊拉集團旗下的作家讓我媽閉嘴。

不過就如前所說，我失敗了。

投了十九件稿，結果全數被退回，明明每一部小說的題材是如此前衛，故事情節曲折離奇又詭變多端，在這市面上充斥過多商業劣作的年頭，照理說我的作品應該能讓文學界掀起一波新潮，甚至還能因突破既有規則而成為流傳百世的經典，但為什麼出版社他們就是看不上我的作品呢？

難道這個世界還沒準備好接受我的作品嗎？我太早降生在世了，這個時代的人類還沒有那個智商能理解我的作品，還是說……其實我的作品根本就沒有我自己想得那麼好？

「難道我不是當作家的料？」我望著我那雙肥大的手顫抖。

突然覺得我媽說的話或許是對的，如果我有成為暢銷作家的命，那我現在早就是了，但我現在只不過是個二十九歲、又醜又胖的頹廢青年，想到這裡，我便站起身來，高舉筆電，再來就是往桌上砸，一直砸，不停地砸。

「為什麼？為什麼我就是沒辦法成功？」我嘶吼、狂吼，眼淚不斷落下。

筆電的表面逐漸被我撞出碎屑，連裡頭的晶體零件都噴了出來，可是我沒停手，仍持續破壞著日夜伴我努力奮鬥的夥伴。

「可惡！去他的夢想！去他的世界！去他的人生！」

我用膝蓋撞擊筆電螢幕與鍵盤連接的點，筆電瞬間斷成兩截。

將其重摔在地後，我直奔廁所，將馬桶蓋掀了起來。

「算了！既然大家都不認同我，那我也不想活了！」

我奮力將自己的頭撞入馬桶之中。

據說馬桶水的細菌量遠比我們平常使用的牙刷還少了整整八十倍，所以我才敢用馬桶水把自己淹死。

「噗嗚嗚嗚嗚！」

我在水下嘶吼，灌入鼻腔的馬桶水令我痛苦難耐，但相較這七年一個人長期日夜寫作又不被他人支持的孤獨，這份痛苦根本就不算什麼！

神啊，既然我無法靠寫作成名，那至少就讓我死在自己的馬桶中，成為史上第一個用馬桶自殺的人吧……

——不行！這太蠢了！

我趕緊抬頭，登時眼前天旋地轉，視線一片模糊，我張口猛吸好幾口氣。

嚇死了！我差點就要成為史上死法最瞎的男人，就算想在歷史留名也不是這樣吧？我到底在幹嘛？

我靠坐在牆前靜望著馬桶。

沒想到我居然會因為被退稿就自殺，真是太不成氣候了，就算我現在二十九歲又如何？我還是可以繼續寫啊，又沒人規定幾歲前一定要出書。

但隨後我又想到，如果我寫到四十歲了，還是沒成為作家，然後當別人小孩都已經出人頭地時，我依舊是孤身一人默默無名，那麼到時候我真還有動力再繼續寫下去嗎？

還是說，現在就是放棄一切的最好時機？

仔細想想，我也不一定要靠寫作來獲得成就，如果我現在就去學習別的技能，依我刻苦耐勞的性格，勢必也能在別的領域闖出一片天。

不，不對。

我因為花費太多時間在寫作上，早就與這個社會脫節，現在的我連和人交際都有困難，要我突然轉換軌道根本就不可能。

「果然……像我這種一事無成的廢物還是去死一死吧。」我苦笑，淚水從眼眶溢出。

早知道當初就不要選擇寫作這條路了，為什麼我會自命不凡地認為自己能在文學界興風作浪？要是我沒那麼自傲的話，根本就不會走到這種地步。

但現在後悔也來不及了，什麼技能都不會的我，在社會上就是最低級最下層最破爛的廢物，以前在學校學的東西早都忘光光，根本就不會有公司要收我，像我這種不被大眾接受的垃圾，還是像垃圾一樣死去比較對得起自己。

於是我又爬到馬桶前，高抬起頭，準備將自己的命獻給馬桶水。

然而，就在我頭落下的那一瞬間，手機鈴聲忽然響起。

「誰啊？」

突如其來的鈴聲讓我感到極度不悅，好不容易才產生的自殺念頭完全都沒了，這就跟在大學寫報告一樣，有時候你明知到下個鐘頭就要把報告寄給教授不然會被當，可是當你朋友打電話來後你就突然不想寫了。

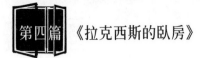

「好煩啊。」

鈴聲一直響，我拖著沉重步伐走回書桌處，拿起手機，按下通話鍵。

「您好。」電話中略帶磁性的男聲問：「請問您是洪嘉榴先生嗎？」

「請問你是？」

「我是摩伊拉出版社的編輯。」

我倒抽一口氣，他這話給我的震撼就如同被鋼筋砸到腦袋般非常駭人！

通常出版社編輯打電話給人都是要告知你投的稿要出版了，但我不是被退稿了嗎？為什麼編輯會打電話給我？

在種種疑惑下，我決定先冷靜聽對方怎麼說。

「請問洪先生目前有時間嗎？」

「有！」

「好的，那洪先生，我跟您簡單說明一下，雖然您的作品在最終審核階段沒有通過，不過老闆很喜歡您的作品，所以——」

「所以還是能夠出版？」

「很抱歉，不是。」

「喔……」

「不過您先別失望，我們老闆想給您一份工作。」

「工作？」

「是的，也是跟寫作有關喔。」

「可是我現在已經有工作了……」

「那方便問一下洪先生現在的工作是什麼嗎？」

「作業員。」我小小聲說。

「了解，關於這點，其實我們老闆真的很喜歡您的作品，他認為您是唯一能勝任這份工作的人，但礙於公司規定，我暫時不能說這份工作的內容是什麼，要是您有興趣了解，老闆會派專車過去接您到總公司跟您做詳細解釋。」

我的心臟怦怦跳，心情半喜半驚，喜的是摩伊拉集團老闆居然會賞識我的作品，驚的是我不曉得工作內容是什麼，很怕到時候無法勝任，而且既然老闆喜歡我的作品，那為什麼又不讓我出版？

還是說……這通電話其實是詐騙集團打來的？

我越想越奇怪，手心都冒汗了，這通電話實在來得太意外，我完全不曉得該怎麼反應。

或許是靜默太久，對方看穿我的不安，直說：「您放心，我們不是詐騙集團，您也知道最近國內景氣差，能有機會在我們公司工作可是得來不易喔，所以我建議您別再猶豫，先空出一天時間來現場跟老闆談談，到時不喜歡再拒絕也不遲。」

「好。」

「那請問洪先生何時方便呢？」

「我這禮拜五休假，那天有空。」

「好，那禮拜五早上九點，我們公司會派專車到您家門口接您，您現在的住址跟您投稿過來時附的資料是一樣的吧？」

「是的。」

「好的，那就禮拜五見了。」

「那我有需要帶什麼嗎？」

「不用，就帶一顆平常的心就好了。」

「好的。」

光陰似箭，咻的一下就禮拜五了。不過我精神疲憊，因過度緊張的關係，前晚幾乎沒睡。

老闆到底想給我什麼樣的工作？既然跟寫作有關，該不會是要讓我當編輯還是文案企劃之類的吧？可是我只會寫小說，其他什麼都不會，完蛋了！我越來越覺得我去公司後就會馬上被趕回來。

突然又想把自己的頭塞到馬桶裡，不過都已經答應對方，還是只能硬著頭皮上了，反正我也沒對這份工作抱有多大的期望，就當作是去玩玩吧。

然而，當我抱著焦躁不安的心走出家門，見到摩伊拉集團派來的車後，我心臟猝然停了整整五秒。

居然是一輛白色的 Porsche 911 GT3！

那潔亮的烤漆、俐落的車身線條、震破耳膜的引擎聲……我是在做夢嗎？只不過是載個人罷了居然派出千萬名車，就算摩伊拉集團財力雄厚，但派名車來接人也太誇張！我開始覺得事情不得了了。

上車後，駕駛是位穿西裝的年輕小伙子，由於他臉色冷酷的跟機器人一樣，一路上我都不敢跟他說話。

過了約三十分鐘的路程，我們來到了目的地。

摩伊拉集團總公司，位於市中心，占地三十萬平方公尺，樓層數共五十二層，外表包覆黑色玻璃幕牆，形為圓柱體，外觀雄偉浩大，氣勢完全不輸西方都市的摩天大廈。

實際上摩伊拉集團總公司一直是國內知名地標，拍攝電影的團隊很常來這裡取景，不過總公司並未對外開放，沒有通行證是沒辦法自由進出的，所以我從來不曉得裡頭到底長什麼樣子。

當車身逐漸靠近停車場，我就越來越緊張，感覺就像要進入不同次元的世界，不過在進入停車場後，我心情很快就恢復平靜，因為這裡的停車場其實跟一般百貨公司的地下停車場差不多，只不過是寬廣了點，話說停車場本來也就只有分平面式與機械式而已，我到底是在期待什麼？

駕駛停好車位後，我們下了車。

我注意到這裡的停車場沒有傳統停車場常有的汽油味，看來這裡的通風系統做得還不錯。

第四篇《拉克西斯的臥房》

「待會請直接上四十九樓，我先告辭了。」駕駛按了電梯的向上鍵。

「咦？」

他沒有要跟上來的意思嗎？而且不知為何，他回答的語氣冷冰冰的，甚至連眼神都沒有和我對視，該不會跟我一樣不善交際吧？

在他離去後，電梯鈴聲也隨之響起。

我一個人走進去。

電梯內部裝潢以潔白科技風呈現，左右兩邊均設有電子顯示器，一邊放映最近出版的新書宣傳，另一邊則放映最新電影預告，不過我的注意力全都放在以強化玻璃製成的地面，因為裡頭居然有淡藍色的液體，隨著電梯向上，液體也會跟著波動，如此新潮的設計，還真符合走在時代尖端的摩伊拉集團作風。

電梯上升速度頗為驚人，不到一分鐘就到了四十九樓。

門開啟後，首先映入眼簾的，是位身穿西式白色女僕裝的女孩。

「洪嘉榴先生，您好。」她微微鞠躬。

我大感震驚，五雷轟頂！

怎會有人在摩伊拉集團總公司裡頭玩角色扮演？太奇怪了吧？而且她的瞳色呈現藍色、鮑伯頭是金色的、膚色又白的像雪，難不成非本國人？

「請往這邊走。」

她朝室內伸出手，動作自然優雅，難不成是真的是女僕？

我一直都以為像她這樣年輕貌美的女僕只會在動漫還有女僕咖啡廳裡才看得到，不過仔細想想，摩伊拉集團旗下也有經營動漫產業，有女僕出現在這好像也是挺合理的……算了不管了，這又不重要，今天的重點是老闆想要給我的工作內容，別再去思索其他無關緊要的事了。

依女僕的手勢踏出電梯外，我來到一座大廳，目測約五十坪，非常寬闊，地面以白色花崗岩鋪成，內部擺設三張沙發與木製茶几，左右兩側則擺滿木製大型書架，設計充滿古典氣息，感覺就是供人悠閒閱讀之處。

女僕將我帶往左側的一扇木門前。

「老闆就在裡面，您直接進去吧。」

「好、好的。」

我嚥了口沫。

女僕為我打了開門，裡頭是間寬廣的辦公室，牆上四周掛滿不知價值多少又讓人唸不出畫名的藝術畫，矮櫃上也放了許多陶器，要是不小心摔碎其中一個，應該一輩子都賠不完。

最裡頭則是木製辦公桌，一位白髮老先生正在那專注看著手中那疊文稿。他就是摩伊拉集團的老闆黃勝天。

「老闆，洪嘉榴先生來見您了。」

黃老闆聽聞，放下手中的文稿，摘下銀絲眼鏡對我微笑。

「你好，洪嘉榴先生。」

「你……你好……」

黃老闆語氣和諧，但不知為何我就是覺得他霸氣凜然，光是聽他說話，我牙齒就會打起顫來，這就是身分地位的差距嗎？太有壓迫感了！

「那我先告辭了。」女僕說完，旋踵離去。

「真有趣啊。」黃老闆翻翻手上的文稿說：「這故事一定要很用心才寫得出來。」

聽他這麼一說，我直問：「咦？你手上那些難道是……」

「沒錯，就是你寫的《零動能少女》，女主角某天突然失去活下去的動力，她姊跟她說或許是她過去有某種遺憾才會導致她止步不前，於是她開始約許多以前的朋友出來聊心，藉此跟過去的遺憾道別，這故事點子很棒，我很喜歡。」

聽黃老闆這麼說，我感到渾身飄飄然，不過很快我就又感到生氣。

既然喜歡那他媽還退我稿？

此時我不知哪來的膽子，問：「那請問為什麼還是把我退稿了呢？」

「因為把你的才能浪費在這太可惜了。」黃老闆放下手稿，站起身來。

「你每年都向我們出版社投好幾次稿，你想成為我們旗下的職業作家對吧？」

「是的，成為你們公司的作家一直是我的夢想。」

「但要是我說……我現在給你的工作可是比作家還要賺呢？」

「咦？」

「只要你答應，日薪就是七千元。」

「七千元？」霎時我還以為我耳朵出問題了。

七千元！七千元耶！等等……該不會是什麼違法的工作吧？不然怎有辦法做到日薪七千元？老闆到底是要給我做什麼啊？而且我又真有那個能耐從事這麼高薪的工作嗎？

「不用懷疑，日薪就是七千元，如果你將來做得好，我還能幫你加薪。」

「等、等等。」我努力壓著嗓音問：「請問這份工作內容到底是什麼？」

「跟我來吧。」

黃老闆說完，先是邁出右腳，等到右腳固定在地上後，再跨出左腳，這樣他才能向前移動。

隨後，我跟著他的背影離開他的辦公室。

來到客廳後，黃老闆走向客廳深處，伸出雙手將木玻璃門拉開。

門的另一側是一座天台花園，以草皮與碎石地為底，小樹與小花規則種植在各處，其中還橫跨一條人工小溪。上頭陽光充沛，萬里無雲，眼前一片綠意盎然，寧靜清閒，彷彿沙中綠洲、人間仙境。

接著，我就見到一位穿著白紗的少女正一邊哼歌，一邊澆花。

她有著一頭烏黑亮麗的長髮，體態纖瘦，舉止端莊，在閃耀的陽光之下，簡直美得像幅畫。

「很美對吧？」黃老闆微笑道。

我輕輕驚叫一聲。剛不小心看得入迷了，我臉紅地搔著後腦勺傻笑。

「她是我女兒，黃雨倩。」黃老闆拍拍我肩膀說：「她就是你的工作。」

「這是什麼意思？」

「你先去跟她搭話看看。」

「喔……好，不過我該怎麼稱呼她？」

「直接稱她雨倩沒關係。」

「好的。」

我朝雨倩的方向走去。

「雨倩，妳好。」

由於平時很少主動跟異性搭話，所以我一開口就覺得特別彆扭，不過雨倩仍持續微笑澆花，沒有理我，我想可能是我說話說得太小聲了，於是我再次向她問候一次。

「雨倩妳好。」這次我音量有提高，但她仍然沒有理我。

等等，她該不會……

我轉頭望向老闆，問：「雨倩的耳朵難道……」

「不，並不是。」老闆搖頭，隨即轉頭喚了一聲：「梅，進來。」

木玻璃門打開，踏進花園的是剛剛那位銀色鮑伯頭的女僕。

原來她的名子叫做「梅」。

梅和黃老闆相互頷首，便走到雨倩身邊說：「雨倩小姐，拿鐵已經幫您調好了。」

雨倩立即回應：「謝謝妳，等我澆完這一盆花，我就進去喝。」

「所以她耳朵沒問題嘛，那為什麼剛剛不理我呢？」

「因為你不存在她的劇本之中。」

背後突然傳來一聲清澈的女聲，我雙肩震了一下，這聲音我認得，由於這聲音的主人很常出現在電視上，所以早已深深烙印在我腦中了。

我深吸口氣轉身過去。

果然是她！

「琉月老師！」我顫抖驚叫。

她豎立在木玻璃門前，身穿黑色連身裙搭白色薄紗外套，頂著日系酒紅梨花頭搭斜瀏海。

單手插腰的她，身材嬌幼卻散發傲視天地的霸氣，那雙戴有深紅隱形眼鏡的銳利眼神更讓人感到難以呼吸，畢竟她可是國內史無前例的外銷暢銷作家，自然霸氣外露的理所應當。

先說，在我們這小小島國要成為暢銷作家就已經很不容易了，但如果外銷後還能達到『國外』暢銷標準，也就是一年破百萬本的銷售量，那就真只能說太神啦！

過去普遍認為始終無法戰勝西方通俗文學的台式文學，在五年前就被當時年僅二十歲的琉月老師以驚悚奇幻作品《殞落的厄里倪厄斯》在西方文壇投下一枚震撼彈，不僅蟬聯二十週銷售冠軍，版權還被各國電影企業搶著翻拍，四年前她又以青春奇幻驚悚作《反・反社會戰線》系列攻下日本，上市不到三天就被搶售一空，這可是史無前例的大成功，以前我國從沒有作家能達到她這般成就，因此她也被稱為現代小說之神。

附帶一提，琉月老師在還沒出道前，便已利用她天生特別高強的語言天賦，將筆下的作品自譯成英、日語，天天在國外網站上更新，所以她出師後能瞬間在國外成名並非奇蹟，那是她從十二歲開始就日更一萬字的血汗成果！

而在她以『殞』與『反』兩大系列出師後，仍有持續在寫其他風格的小說，而且本本暢銷，無論是國內還是國外，近代小說之神這稱號真的不是叫假的！說了那麼多，總之她就是非常厲害的人，相比之下，身高只有一六八公分高的黃老闆就顯得遜色許多，只不過身價幾百億，根本就沒什麼讓人好敬佩的。

「洪嘉榴先生，你好啊。」她微笑向我招手。

「妳好妳好。」

「既然妳來了，那就交給妳說明吧。」黃老闆說完，身體先是往右旋一百八十度，然後再向前跨出右腳，走入木玻璃門內。

他，離開了花園。

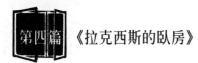

琬月老師往我這走來。

我莫名感到緊張，率先開口問：「所以琬月老師，妳剛說的話是什麼意思？」

「在這裡不用那麼拘束，直接叫我玧月就好了。」

「好的。」

玧月走到我身旁，單手插腰看向雨倩。

「雨倩她的母親是舞台編劇，她想把雨倩培養成天才演員，所以每天都寫劇本逼雨倩演出她的戲，如果雨倩忘詞還是動作做錯了，那就會被她母親毆打，當時老闆他人在國外忙生意，沒發現這件事，回國後才發現事態嚴重。」

「喔……」

「雖然老闆後來離婚了，但雨倩的心靈早已嚴重受創，現在的她，要是沒有劇本的話就無法正常生活，甚至還會陷入歇斯底里的症狀，而且就算替她寫了劇本，如果內容過少又或是重複性過高，她一樣也會精神崩潰，因為她母親為她編寫的劇本很複雜又變化多端，她已經習慣那種高難度的劇本了。」

「原來是這樣。」

聽到這裡，我突然覺得有點感傷。一個少女的人生居然不能靠自己的意識走，而是要別人為她編寫，想想就覺得好可憐。

就在這時，我腦海突然閃過什麼，直問：「妳說有人要幫她寫劇本她才能正常生活下去對吧？難不成現在幫她寫劇本的人——」

「沒錯，就是我。」琉月走到雨倩旁，輕撫她背後的髮絲說：「這些年來，我除了寫小說以外，就是替雨倩寫她的人生劇本，不過最近因為某些因素，我無法再繼續幫她寫劇本了。」

她轉身對我微笑。

「我要死了。」

她輕鬆的語氣換來的是我莫名其妙的錯愕。

「我大腦長了顆瘤。」琉月用手指輕敲她的右太陽穴，「醫生說我最多只能再活半年，實際上從去年開始，我的身體機能就已因這顆腫瘤逐漸喪失，就連現在我頭還疼得很，右側兩肢麻痺外加觸覺退化，手都快抬不起來了。」

「這麼嚴重啊。」

「所以，必須有人接手這份工作才行。」

「這份工作……難道黃老闆指的工作就是……」

「沒錯。」琉月走了過來，將手掌拍向我的肩說：「成為雨倩的拉克西斯吧，洪嘉榴先生。」

2.

現實的我，平庸無奇，但只要坐到鍵盤前，我就擁有媲美命運女神拉克西斯的能力，書中所有人的命運都掌握在我的手中。在我的世界，吾即是法，沒人能夠阻止我、命令我、擊敗我。

但，要是這份能力能應用在現實的話……

「成為雨倩的拉克西斯吧，洪嘉榴先生。」

「等等！」我激動道：「妳是說要幫她寫劇本對吧？可是我不會寫劇本啊！我是小說家，不是劇本家，劇本的格式我完全不懂，那可是跟小說差了十萬八千里耶。」

琉月聽聞，微微笑道：「別擔心，我會教你，在我離開崗位前，我會把工作的一切都好好跟你說明的，先跟你介紹一下工作環境吧。」

琉月將視線投向花園邊界說：「如你所見，這裡是天台花園，你如果想讓雨倩散散心，可以安排她到這裡。」

再來，她帶我穿過木玻璃門，回到剛剛的大廳。

琉月指向右邊的大門說：「那邊是老闆的辦公室，你剛去過，不用我再解釋吧？」

我點頭。

琉月走到左邊的木門前說：「這裡面就是雨倩的房間。」

「雨倩的房間？她就直接住在這裡？」

我問完，不禁嚥了口沫。

「她的狀況沒辦法外出，所以老闆就直接讓她住在總公司了，怎麼了嗎？」

「沒、沒什麼。」

琉月突然露出壞壞的笑容。

「不用擔心，她的房門有指紋鎖，一般人是進不去的。」

聽她這麼說，我突然有點生氣。關於雨倩的房間我又沒想歪，妳何必要這樣說呢？

「好了，接下來就帶你去看看雨倩的世界吧。」

琉月說完，帶我走入電梯。

「本大樓從四十九樓往上開始都是雨倩的生活圈，我就從五十樓開始一層層跟你說明。」

「好的。」

五十樓。電梯門開了。

這層樓的設計與四十九樓很像，電梯門外一樣有座大廳，只是盡頭處並沒有木玻璃門而是落地窗，如果撞破玻璃往外跳會直接摔到樓下的花園，不會骨折但是腳會痛。

琉月穿過大廳，朝左邊那扇木門走去。

她伸出手推開木門，裡面是一條圓環型的長廊，隨便估算應該超過五百公尺有，站在門口處根本看不到盡頭，長廊右側全是落地窗，左側則排列數道木門，每扇木門彼此間隔約有一節列車車廂的距離，可想而知門內的空間應該挺大的。

琉月走到第一扇門前，推開木門。

當門一開，我就嚇了好大一跳。裡面居然是間教室！

穿制服的年輕學生、排列整齊的書桌、寫滿英文單字的黑板、拿課本認真講解的老師，一切的一切看起來就跟一般學校的教室沒什麼兩樣，但這裡可是摩伊拉集團總公司的大樓，怎麼會有人在這裡上課？

琉月看透了我的疑惑，說：「他們全都是演員喔。」

「演員？」

「沒錯，剛剛說了，因為雨倩個人狀況的關係，無法在外生活，所以我們就請藝校的學生來參與雨倩人生劇本的演出，不止這裡，待會你所見到的其他人全都是演員。」

在第一扇門關上後，琉月繼續往前走，到了第二扇門停下腳步。

門開啟後，又是一間教室。只是這間教室擺滿了畫架與石膏像，一樣也有學生演員在裡面持鉛筆素描。

顯然這是間藝術教室。

接下來，第三間房是音樂教室，第四間房是理科教室，第五間房是家政教室，第六間是社團教室。

有錢人就是奇葩！

「這層樓根本就是縮小版的校園嘛！」

「沒錯，這一層樓就是專門給雨倩學習的地方，也順便讓她體驗正常的校園生活，好讓人生不會有所遺憾。」

「正常的校園生活嗎？」

總覺得琉月說的話有點奇怪，可能是因為身為旁人的我知道這一切都是假象的關係吧。

此時，我們終於靠近長廊的盡頭。

琉月她打開這條長廊的最後一扇門。而我本以為前面的房間已經讓我吞驚吞夠了，沒想到裡面的景象更是讓我震撼不已。

裡面居然是間室內體育場。

超大！若非親眼見賭，根本無法想像這龐大的空間到底是怎麼塞進來的！

裡面不僅有圓環PU跑道，將視線投往裡面還能依序看到籃球場、網球場、排球場，當然也有學生演員在裡頭運動，有的跑步、有的打網球、有的在PU跑道中間的草地上踢足球，還有一群男同學把其中一人抱起來對籃球架阿魯巴。

這……完全就是校園生活的重現！

目睹此景的我，嘴巴像騎車自撞分隔島骨折般闔不起來。

「這是異次元空間對吧？」

琉月摀嘴輕笑幾聲，再來拍拍我的背說：「好了，我們出去吧。」

我們穿過盡頭的木門，熟悉的大廳映入眼簾。

「走了一大圈呢。」

我剛剛與琉月是從電梯口左手邊、也就是大廳左側的門進去，現在則是從大廳右側的門出來，回到一開始的大廳。

「有什麼感想嗎？」

「太屌了這裡！」我興奮道。

「哈哈，不過還沒完喔，這裡只是雨倩生活圈的第一層而已。」

琉月帶我進入電梯，按下第五十一層樓的按鈕。

「除了上學以外，吃也是必須的。」琉月說完，電梯門也開了。

人群交談的細碎聲與各式美食的香氣傳入電梯間。這是座大型的美食廣場，建構如百貨公司的美食區，一眼望去全都是餐廳，有美式牛排館、鐵板燒、義大利麵、速食店、中華料理、日式定食等等，反正什麼餐館應有盡有。

當然餐廳店員與顧客就更不用說，每一位演員均表演自然，有的人持筷子吃飯，有的人持叉子吃沙拉，更有的人持杯子喝飲料，一切的一切，都很符合我們平時對大眾餐飲生活的印象。

「老闆是將集團的收益都砸在這裡了嗎？」我摸著肚子說。

聞到食物的香味肚子就餓了，這就是肥宅。

「不止呢，我們再往上看吧。」

她按下第五十二層的按鈕。

在見識過室內學校與美食廣場後，我想我應該已經能習慣這種超常的景觀，不過當電梯門開後，裡頭的景象證明我錯了。

「這一層是娛樂中心。」踏出電梯門外的琉月如是說。

娛樂中心的廣場是座夜店舞廳！藍綠交織的雷射光到處四射，地板上浮現淡淡乾冰，舞池裡許多年輕男女正貼身尬舞，環繞在大氣中的電子超重低音不斷震撼我的耳膜。

「連PUB都有？」

「嗯，不過因為雨倩還沒成年，所以這裡沒有酒精飲料，只有特調果汁，還有這層樓可不只有這樣喔。」琉月朝右手邊走去。

走到舞廳的右邊，有一扇金屬銀門。她將銀門推開，又是道圓環形長廊，長廊右側全是放映極光夜景的電子顯示螢幕，這使整條長廊有種幽暗神祕的氛圍，左側則排列數道金屬銀門，每扇銀門彼此間隔約有一節列車車廂的距離，不用想就知道這裡的設計跟四十九樓是差不多的。

「裡面不會又是什麼超次元空間了吧？」

「看了就知道。」

鐵門開啟，裡面是座影廳，螢幕超級大！大到即使抬頭還是無法看到最上邊，幸好裡面目前沒播放電影，不然可能會惹人嫌，我自己就最討厭別人在電影播放時才進來。

「這裡螢幕是以 IAMX 規格打造，聲道是 12.1 聲道，保證讓您享受最高品質的視覺震撼。」琉月用像是電影小姐介紹電影院的口氣說。

「話說雨倩她挺喜歡看電影的，就算沒幫她編劇本，她有時也會無意識來這裡，我想可能是她跟這種像她人生類似的表演形式有所共鳴吧。」

琉月關上門後，帶我走到第二扇門前。

一打開，就見到許多穿汗衫與體育褲的演員，有的在跑步機上跑步，有的在舉重，還有人戴著拳擊手套在一旁毆打沙包。

「這裡是健身房，雖然學校那一層也是有體育場，不過在學校的體育場運動跟健身房運動給人的感覺是不一樣的，你說對吧？」

其實我不知道這兩者給人感覺哪裡不一樣，不都是運動嗎？不過我還是點頭說嗯，反正別人問「你說對吧？」，只要點頭就對了。

琉月關上第二扇門後，帶我走到第三扇門前。

門一打開，是座室內泳池，泳池非常寬廣，目測塞下五輛巴士都不是問題！

「健身完來這裡游泳剛好，不過記得要先沖澡。」

琉月指向泳池最內側說，裡面有許多隔間，隔間旁邊還有冒著蒸氣的小浴池。

「那邊是溫水池，想泡溫水讓血液循環也可以去那裡。」

「好喔。」

琉月關上第三扇門後，帶我走到第四扇門前。

門一開，我的心臟又差點從嘴巴裡彈出來。

是商店街！就像地下街一樣，左右到處都是販賣商品的部門！

「身為一名少女，逛街也是不能缺少的。」

琉月帶我走入其中，我跟著她嬌小的背影左顧右盼。

商店街有販賣3C的專賣店、化妝品專賣店、服飾專賣店、皮包專賣店、文具專賣店，反正你想得到的店都在這裡了，說是地下街，不如說是小型的百貨公司！

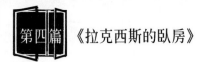

顧客與服務人員自然不用多說，這層樓也有，而且還人滿為患！

飾演顧客與服務人員的演員演技都相當自然，顧客會像一般的顧客一樣邊逛邊聊，服務人員會像一般的服務人員招攬顧客、收銀以及滑手機等下班，一切都讓人感到非常真實，豪不做作。

當我們走到盡頭處後，琉月推開眼前那扇鐵門。外頭是電梯大廳，我們剛從電梯右手邊進去，現在又從左手邊繞回來了。

我們回到了原點。

「怎麼樣啊？」琉月問。

「什麼怎麼樣？」

「就是老闆對女兒的愛啊，為了讓她能夠體驗跟正常人一樣的人生，居然不惜將自己的公司改造成這種地步。」

「嗯，這的確是滿讓人佩服的。」

「好了，接下來該帶你去看重頭戲了。」

「還沒結束啊？這裡不是最頂樓了嗎？」

琉月沒說話，只是走入電梯裡對我笑笑。

但不知為何，和她一起進入電梯後，她卻沒有按電梯按鈕。

「咦？妳不按按鈕嗎？」

「不用，接下來要去的地方是不存在這棟大樓裡的，所以沒有按鈕可以按。」

「什麼意思？」

「你等等就知道了。」

玧月突然對我伸出手來嚇得我整個人貼靠在電梯牆上。好近！我臉紅心跳，渾身發麻。

居然被一個女孩子給壁咚了！

「抱歉嚇到你了，不過你看看你背後。」

「咦？」

我轉身過去，發現玧月將細長的五指按在電子顯示器上，指頭與螢幕接觸的部分亮著紅色光芒。

「指紋辨識器？」我下意識這麼說。

「沒錯。」

她說完，電梯便向上動了，然而電梯樓層顯示器卻沒顯示任何數字。

過了一會，電梯停了。

「歡迎來到不存在的第五十三樓。」

電梯門開了後，映入眼簾的是道由數十台螢幕組成的螢幕牆，螢幕牆前則有張辦公椅。

這裡給我的感覺就像是管理室一樣。仔細瞧瞧螢幕牆裡每一個螢幕的景象，果然，裡頭所映照的是每一層樓每一個房間的畫面。

「這裡監控所有樓層，連聲音也能聽見，然後……」琉月走到辦公椅前說：「剛剛你提到劇本格式的問題對吧？其實只要用我們公司內部的自製系統，無論你輸入什麼故事進去，就會在雨倩的手機顯示出劇本格式的劇本文出來。」

「真的假的？」

「用說的很難懂，我現在就直接示範給你看吧，雖然有些不同，不過跟你平時寫作的流程大同小異。」

琉月坐上辦公椅，將手放在鍵盤上。

「嗯……該用什麼故事來示範好呢？啊！就來個戀愛喜劇好了。」

琉月轉頭過來。

「我問你，一般通俗的戀愛喜劇都是怎麼開場？」

「怎麼開場？不就都是女主角上學快遲到，就叼著沒吃完的吐司在路上跑，然後撞到帥氣的男同學嗎？」

「你說的這算是最經典的開場，那就用這個來演示給你看吧。」

琉月開始敲起鍵盤，並說：「好，所以現在除了雨倩本人是女主角外，我們還需要一個帥哥男同學對吧？」

「是的。」

「所以我們要先來選一個帥哥男同學。」

琉月按下鍵盤，螢幕中瞬間跳出一大堆男學生的大頭照。

「就是他了！」琉月用滑鼠選了一名燙玉米鬚、斜瀏海的男學生後，看了一下他的名字。

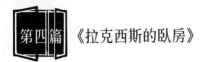

「他的名字叫周翼程，所以待會再寫劇本的時候，只要記得把周翼程的名字輸入進去就好，喔對了，還需要梅才行。」

琉月開始劈里啪啦打起字來。

她的手指在鍵盤上高速飛舞，幾乎都快看不清了，不愧是日產七萬字、出版超過五十本書的小說之神！

不到一分鐘，她就停下手，我看著頁面中那密密麻麻的字，少說也有五千！

「好強！」

「這沒什麼。好了，當你寫完一段情境後，你就把你把你的稿直接上傳到摩伊拉內部網路的中央系統，接著中央系統就會將這份情境轉成劇本格式，並傳送至所有登場人物的手機之中，像現在，周翼程他應該已經收到劇本了。」

琉月右手指向教學層樓的教室監視器中那名燙玉米鬚的少年。果真他正拿起手機觀看。

「當然，雨倩也已經收到了。」琉月左手指向天台花園的監視器說，果真雨倩也正在看手機。而她看完手機後，便馬上慌張跑入木玻璃門，消失在花園之中。

「咦？她去哪了？」

「她人在這。」琉月指著最右上角的監視器，我看到心臟差點停了半晌。

不用說，那是她的房間，她正手忙腳亂地將身上的白色洋裝脫去。

「你幹嘛遮起眼睛？」琉月問。

「因為她正在換衣服不是嗎？」

琉月用手肘撞了我的腰身說：「少來了，年輕女性的胴體，你早在網路上看過很多次了吧。」

「這……」

「你就放心看吧，既然老闆想讓你接這個職位，那他早就知道會發生這樣的事了，所以別擔心。」

「嗯、嗯……」

我戰戰兢兢放下手，結果雨倩早就換完學生服了，我心裡突然感到有些失望。

接著，梅走進雨倩的房裡。

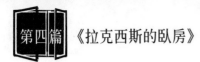

「大小姐，雖然遲到了，不過還是務必要吃早餐。」

「好，謝謝妳。」雨倩說完，就拿走梅提供的吐司，跑了。

然後她搭上電梯，準備前往教學層，同一時間，周翼程也從教室站起，移動至長廊上。

「咦？等等。」

「怎麼了？」

「你們這些設施都是在這棟大樓內對吧？難道雨倩從來不會對學校在她家樓上這事感到很怪嗎？」

「她從小就這樣生活慣了，加上只要你描寫的好，她讀劇本後自己就會把不合理的地方腦補到合理，所以不用擔心，就算你劇本寫得再怎麼詭異，她還是會照著演。」

「原來如此。」

雖然明白待會會發生什麼事，但不知為何我情緒卻非常緊張。

果然，當雨倩踏出電梯，奔入長廊，馬上就與周翼程撞在一塊了！

「哎呦！」

他們兩人同時發出聲音，叼在雨倩口中那片吐司也掉到地上。

率先站起來的人是周翼程，他見雨倩捂著口鼻倒在地上，便趕緊將她攙扶起來。

「抱、抱歉，妳沒事吧？」

「沒……沒事。」可能是在暈眩的關係，雨倩虛弱地問：「這是哪裡？」

「這裡是學校喔。」

周翼程對她露出微笑，雨倩似乎清醒過來，慌張地將周翼程推開。

「抱、抱歉，我太急了，都沒看到人。」

「沒事沒事，不過以後要小心點，來。」

周翼程替雨倩提起她掉在地上的吐司，雨倩接過手，滿臉通紅。

真的就是場通俗的愛情戲。

不過接下來，他們兩人表情突然變了，變得像機器人一樣冰冷。

再來兩人沒說什麼，各自轉身，周翼程走回教室，雨倩則是搭回電梯。

「咦？這是怎麼回事？」

「因為我故事只有寫到這裡，所以他們當然只會演到這裡。」

「可是如果劇本就這樣斷掉，雨倩難道不會因此陷入歇斯底里的狀態嗎？」

「這不用擔心，我早有幫她預設好其他行動，沒事的話就讓她在花園澆花、或是在客廳看書。如果你當天想不出什麼好故事或是想偷懶，只要給她預設的劇本就沒事了。」

「不過妳不是說如果劇本重複性太高，她也會陷入歇斯底里的症狀？」

「不錯嘛，你剛有用心聽。你說的沒錯，所以預設的劇本內容也要常常更換，反正只要是跟雨倩的劇本有關，全都不能馬虎。」

「喔喔。」

「好了，這樣講解的都差不多了。」琉月站起身來，面向我拍了拍辦公椅，我們倆就這樣互相對視。

對視差不多二十秒，琉月才突然說：「你愣在那幹嘛？還不快來坐在這裡。」

我搖頭，「不了，我不坐。」

琉月眼睛瞪得斗大，好像我說了什麼不該說的話一樣。

「你難道不打算接這個職位？」

「嗯。」

「為什麼？難道是還有什麼不懂的地方嗎？還是對這份系統有什麼疑

慮？如果是的話，別擔心，黃老闆有吩咐我要監督到你能夠控制所有層樓的人員為止，所以我暫時是不會離開你，我會在旁邊指導你的。」

「謝謝妳，雖然這裡很酷，但說實在的，我沒太大興趣。」

「沒興趣？難道黃老闆沒有跟你提薪水有多少嗎？」

「有啊，日薪七千元。」

「那為什麼還不接呢？」

「因為比起幫雨倩寫劇本，我還是比較想像妳那樣。」

「像我那樣？」

「沒錯，我想要在各大便利商店、書局看到我的小說，我要在電影院看到我小說翻拍的電影，我要在遊戲店看到我小說改編的遊戲！」

「真有野心，不錯，我喜歡有野心的男人，不過很抱歉，你沒辦法變得像我一樣的。」

琉月走向前來。

「就跟你說一件事實吧，其實你寫的小說是我看過最棒的小說。」

她輕輕一句話，力道卻如手槍擊出的子彈般充滿力量。

我的心瞬間粉碎。居然獲得小說之神的稱讚！這不是真的吧？這不是真的吧？

「但也因為這樣，就更不能讓你出版了。」

我差點沒摔倒。

「為什麼不能出版？妳不是都親口說我的小說是妳看過最棒的嗎？既然這樣，如果妳去說服老闆讓它出版，那應該能為公司帶來更多收益啊。」

「很抱歉，這方面老闆吩咐我不能跟你說明原因，不過成為職業作家這條路就請你死心吧，老實跟你說，職業作家賺得錢並沒有你想得那麼多，如果你是因為錢的關係，那我建議你還是接下雨倩這份工作比較好，光是穩定度就比作家好多了。」

「才不是因為錢的關係！」我大聲道：「我想要的是受人尊重！從小到大我就只喜歡寫小說，也只會寫小說，然而只有身為大公司旗下的小說家才不會被人小看！」

「那如果月薪給你一天一萬呢？」

「啊？」

「兩萬？」

「錢的事只有老闆才可以做決定吧？」

「雨倩是我的妹妹，我當然也可以做決定。」

「雨倩是妳妹妹？」今天我真是受到太多刺激了。

「嗯，她是我同母異父的妹妹，雖然小時候不是一起長大的，但我仍將她視為家人。」

「喔……好，我瞭解了，不過這份工作我還是算了。」

「不然三萬好了？一天三萬，一個月就有九十萬，這已經跟藝人差不多了。」

「就跟妳說不是錢的問題！」我怒吼：「我就是想出書，不然什麼都免談！」

此時，琉月低下頭嘆了口氣。

「說真的，出書就真的那麼重要嗎？現在，你可是擁有一名少女的全部世界，而且對方還是漂亮的千金小姐，你要她做什麼，她就做什麼，仔細想想，你已經得到其他人夢寐以求的全部了，何必又需要靠出書來獲得別人尊重？」

「我不管！我就是要出書啦！」我緊握雙拳吼。

本以為琉月她會用更加嚴厲的語氣說服我，不過她只是輕輕嘆了口氣。

「好吧，我知道了，那就請你回去吧，很抱歉讓你專程來這一趟。」

「不會。」

站到電梯口後，琉月跟我一起搭到地下室。

在搭到地下室途中，她說：「那之後你打算做什麼？在知道我們不會讓你出書以後。」

「我還會繼續投稿。」

「是嗎？」

到達地下一樓後，剛才那位冷面的年輕司機已經在門口等我。

「好了，那就先這樣了。」

「嗯。」

「對了，記得不要跟別人說雨倩的事，不過我想你應該也不會說才對。」

「我才沒那麼大嘴巴呢。」

回程路上，我一直在想我好像很傲慢，因為我居然為了夢想，就拋下了許多人夢寐以求的職位，可是我這麼生氣是有理由的。

從小我就很喜歡寫小說，我可以從早寫到晚都不吃飯，也不玩遊戲，可是親朋好友卻沒人認同我，就連唯一支持我的妹妹，也因為看了我的小說後發瘋，被關進精神病院。

其實就是因為這件事我媽才不讓我寫小說。可是我還是一直寫，拼命寫，因為我也只剩下寫作了。

從小到大我做什麼事情都沒辦法持之以恆，以這點來說我妹是跟我滿像的。我和她時常覺得我們與這個社會格格不入，與她不同的是，她選擇殺傷別人反抗這個社會，我則是選擇寫作。

我深深明白我這一生就是為寫作而活的，所以我不甘為了服從這個社會而捨棄寫作！

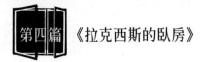

其實要是能不出書那我也不想出書，但就是要出書旁人才不會對你指指點點，不然我龜在網路上寫也寫得很開心啊。

想到這，我就一直流淚，一直流，流不停。都沒發現，司機居然不是把我載回我外租的小套房，而是一棟三層樓高的透天前。

「咦?怎麼會載我到這裡？」

「這裡是你的家。」

「我當然知道這是我家，但我現在早不住在這裡了！」

「不過老闆吩咐要我把你載到這裡。」

聽到這裡，一陣寒意從脊椎竄上。

該不會……該不會……我什麼話也不說直接下車。

打開大門，一進客廳，馬上就見到我老媽正在跟黃老闆泡茶聊天。

與黃老闆歡笑暢談的老媽一見到我，馬上笑道：「哇，你真了不起耶！我開始為你感到驕傲了。」

老媽完全忘了自己把我趕出家這件事，與大老闆相談就可以瞬間洗刷過去全部恩怨，我也是暈了。

「對啊，你兒子真的很有才華，今天我親自到這裡來，就是希望妳能答應讓你兒子來我這邊工作。」

「哎呀，不用這麼客氣，我才該感謝你肯給我兒子一個出人頭地的機會。」

「我保證絕不會虧待你兒子的。」

黃老闆說完，對我露出一抹詭異的微笑。

這一瞬間，我知道我是無法逃離這份工作了。

3.

拖著一個月份的行李，在地下室搭上電梯。

電梯一開，就見琉月笑臉咪咪地說：「歡迎回來。」

「還不是被你們逼的，你們老早就想到這招了對吧？」

我看著琉月走進電梯，伸出手按下我背後鏡子的指紋探測器，開始往五十三樓去。

「當然，你想成為知名作家、出人頭地，其最終目的就是想要獲得親人認可，這是人之常情，因此，雖然這跟你的夢想有點不符，但只要讓你母親打從心底認可你就好了。」

「真是敗給你們了……」

的確，為何會想寫書，出人頭地，真正的原因是因為我除了寫作以外就沒有其他才能了，長年被母親嫌棄的我，在看到她與黃老闆聊得很開心時，其實我心裡是有一點高興的，雖然這一切都是黃老闆他們的安排，但我在母親心裡的地位頓時提升不少，我再也不是那個寫了七年還默默無名的作家，雖然感覺有點對不起之前那位努力追求夢想的我，但當下我真的有一種鬆了一口氣的感覺。不過儘管如此，寫作還是要繼續。

「不過儘管如此，寫作還是要繼續。」

「咦？難道妳會讀心術？」

「不是，是因為都是作家，所以心有靈犀啊。」她微笑道：「命中註定是作家的人，只要一提起筆，這一生就永遠不會停下來了。」

電梯門開後，滿是監視器的幽暗房間映入眼簾。

琉月走出電梯，指向左手邊的臥房房門說：「那邊就是臥室，以後你就睡那裡吧。」

裡面是一張雙人床，然而雙人床上卻堆滿了女性服飾，這樣就算了，地上居然還有胸罩。

「等、等等，這間臥房該不會……」

「這是我的臥房。」琉月拍拍我的背說：「不過你放心，等你完全接手這份工作後，我就會離開，你就能安心睡了。」

「問題不是這個吧？」

「害羞什麼？我又不會半夜把你吃掉。」

我摀起臉說：「別鬧了，叫老闆再另外幫我準備一張床吧。」

「不好意思嘿，這裡的空間就那麼大，容納一張床跟一個衣櫃就是極限了。」

「什麼嘛？明明有本事在這棟建築物蓋出超次元空間，但在這媲美命運女神拉克西斯的臥房裡卻連增加一張床都不能，這到底怎麼回事？」

「你如果覺得害羞的話，我睡地上就行了。」

「不，我睡地上吧。」說完，我拉著行李進去。

看著床上隨意亂掛的絲襪，我臉燙得像火在燒。

「好了，我肚子餓了，你的東西回來再整理，現在先去吃飯吧。」

「嗯。」

我們搭電梯，琉月按了十六樓，是美食廣場。

跟白天看的景象一樣，每個區域都聚集許多食客，他們吃飯聊天的神情讓我有種他們不是演員的錯覺。

「今天來吃個拉麵好了，你覺得呢？」

「我沒差，就吃拉麵吧。」

琉月帶我到拉麵館，在等麵上桌期間，我好奇問：「現在雨倩在做什麼？」

「她在跟她的好朋友在欣賞電影，其實因為要監督你的關係，所以我已經預先安排雨倩一個禮拜的人生了。」

「預先安排人生……」我苦笑，隨後說：「對了，老闆到底是基於什麼原因不讓我出版啊？現在我已經是你們公司的員工了，總該跟我說了吧？」

琉月點頭微笑。

「你的作品太有自己的個性了，雖然以作家的角度來說很棒，但外面那些平民是吃不下你作品的，再怎麼說我們可是集團啊，是以商業利益為主的，所以當然不讓你出版。」

「但我搞不懂啊？我常在網路上看許多人說受不了現在一堆太公式化的小說，很想看點有突破性的，但為什麼這類小說還是層出不窮？」

「這就是讀者啊。」

「咦？」

此時，女店員將拉麵送了上來。琉月點的是醬油拉麵，我點的是味增拉麵。

琉月拿出筷子說：「我就跟你說吧，為什麼讀者一邊渴望想看到有內涵的小說，但市面上腦殘作品卻又充斥的原因。」

「好，說。」

「那就是因為現代人生活太忙碌了，回家都累了，哪還有那個心力去探究哲學還是人生議題，要看當然是看能幫他們忘掉現實不滿的意淫小說啊，即便公式千篇一律，主角老是動不動就有一堆女人喜歡，然後老是擁有什麼獨一無二的優良血統，然後也不用怎麼練功就贏過許多配角，雖然真的很腦

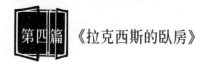

殘，但大眾就是吃這一味。」

「嗯，妳說的也是挺有道理的。」

琉月輕輕吸起一口麵，說：「其實如果你有深入研究我的小說，你會發現故事背後的公式都一樣。」

「這我早知道了，每次妳主角都是那種懦弱無個性的角色，一看就知道妳背後早就建立好某種公式。」

「事實上你看現在很多熱銷的商業大片或遊戲，其背後也都有一定的公式，但這是有科學根據的，人本來就是比較喜歡有公式的東西，這是有科學根據的，所以像你那種意識流、充滿個人心境的小說自然不會賣。」

「可是以前的文學家都是寫這種書然後被稱為文學大師的。」

「但你有注意到嗎？他們都是死後才被人稱為文學大師的，在他們死前呢？其一生都過得窮困潦倒。」

我說不出話來，因為她說的很對。

她嘆了口氣，「其實我也不是一直想寫這種公式文，可是沒辦法，我現在已經是小說之神了，總不能突然寫篇跟以前不一樣的小說來被讀者罵吧。」

「這不對吧？反而就是現在才更要寫真正屬於妳自己的小說啊，妳都已經是公認的小說之神了，現在就算寫主角因為打不贏魔王辜負同伴期待而自殺這種結局的小說，也是會大暢銷吧？」

「哈哈！也是啦，就算我一頁都只寫一個字，還是會暢銷，不過我呢，我就是不想被人看到說我的風格怎麼變了、我怎麼退步了之類的話，因為我很玻璃心。」

「真的假的？」

「真的。」琉月放下筷子說：「雖然我也知道我自己為了虛假的自尊而寫了許多違背自己想法的東西，但只要看到那些讀者的好評，即使寫得過程很不開心，我還是會繼續為他們寫作。」

「感覺妳好像把寫作講得像毒品似的。」

「的確是這樣呢，可是啊，不是也有人這麼說嗎？既然你是要寫出來給別人看的，那本來就是要寫大家想看的啊，不然出書做什麼，自己在家裡自爽不就好了？」

「但不也有人說這樣不就跟為了賺錢而獻媚的妓女沒兩樣？」說完，我下意識捂起嘴。

真是太糟糕了，居然跟女孩子說這種話。

「你不用覺得內疚，你說的沒錯，不，我認為其實無論是哪種講法都沒有錯，有錯的是這個世界。」

「這個世界？」

「嗯，這個世界太注重利益了，所以才會苦了許多你們這種真正熱愛寫作的人。」琉月此時突然向我低頭：「這段時間真是辛苦你了。」

「呃……妳這樣讓我覺得好尷尬……」

「是嗎？哈哈。」

琉月笑完，繼續吃麵。

接下來我們又聊了一些無關緊要的話題，然後，肚子就飽了。不過店員又送了紅茶上來，所以我們沒有離席。

琉月啜了一口紅茶，說：「對了，我有一個疑問。」

「什麼疑問？」

「為什麼你的作品總是會有毆打小女孩的情節？你是跟小女孩有什麼過

節嗎？」
「這個嘛……」
「而且還描寫得很詳細，超有畫面的，啊！這也是你作品不被老闆接受出版的原因。」
「關於這點，其實跟我妹有關啦。」
「你妹？」
「嗯，我有一個妹妹，叫做玥千。」
「喔？她是什麼樣的人？」
「她是個神經病。」
「你怎麼可以這樣說你妹？」
「聽了可不要嚇到啊，我高二那年，她就因砍死五個小朋友而被抓去當地精神病院強制永久治療，當年她只有小六。」
「騙人。」
「這是真的，別以為小孩子殺人不可能，佐世保事件與酒鬼薔薇聖斗就是活生生血淋淋的真實案例。」我搖起紅茶中的冰塊說：「不過相對於受到環境與家庭影響的前兩者，玥千的惡意是毫無由來的，在她還沒殺人前，她就已經會說些奇怪的話了。」

「奇怪的話？」

「嗯，她說這個世界是假的，還說什麼她的朋友其實都是無心的機器人，所以把他們殺了也沒差。」

「哇，好難想像一個小女生會說這樣的話。」

「後來她就真的殺人了，然後好死不好其中幾位死者是我高中同學的弟妹，因此我就被霸凌了。」

「為什麼？」

「加害者的家屬連帶有罪啊，因為我沒管好自己的妹妹，你知道秋葉原隨機殺人事件凶手的家屬就是因為承受不了社會譴責而自殺的吧？」

「這我知道，他還說身為加害者的家屬沒有資格活下去。」

「對了，我突然想起一件很北爛的事情。」

「什麼?快說快說。」

「那是在玥千關入精神病院之後的事，就像剛剛說的，我因她被全班同學欺負得很慘，上課分組時，就連跟我最要好的同學都不要我了，那個同學本來是個動漫宅，一開始要不是我主動跟他搭話，他可能到畢業都還沒朋友，結果那傢伙卻對我忘恩負義！」

說著說著，我腦海也同時回溯當時的情況。

高中的走廊上，我流著淚問戴著黑框眼鏡的他說：「為什麼不跟我分組了？」

「誰叫你有妹妹！」他低聲怒吼。

「我有妹妹大家不早就知道了？」

「但你妹現在已正式黑化成壞掉病嬌蘿莉了，那麼煞氣中二的情節為什麼會發生在你身上？我忌妒你，去死去死去死！」

聽他這麼說當下，我怒髮衝冠。

「我可是因那瘋子被嘲笑被欺負，你那麼想要的話我送你啦！」

「你他媽囂張個屁！別以為有穿病院拘束服的病嬌妹妹就很了不起！」

「什麼鬼啦？還有我妹只有病根本沒有嬌。」

「不管！反正你以後別再跟我說話了！」

我把這些對話全跟琉月說完，沒想到她居然笑到抱起肚子來。

「對啦，我被霸凌還被宅男同學唾棄很好笑就是了啦。」我生氣說。

「抱歉，但這真的太好笑了，你那同學太宅入膏肓了吧？」

我嘆了口氣。

紅茶也喝得差不多了，因此我們便離席，不過離席前還要付費，據琉月說這包含了給演員的演技費，而且這也是為了更符合現實生活。

和琉月上去五十三樓後，琉月說：「今晚早點睡吧，明天開始要正式學習如何替雨倩寫劇本了。」

「好的。」

結果當晚我睡得不是很好，雖然我睡地上，但一想到二十多歲的年輕美女就在旁邊，我就睡不著了。

隔天，我在有點睡眼惺忪的狀態下開始接受琉月的指導。我坐在辦公桌上看著螢幕，琉月則是拉張木椅坐在我旁邊。

「你在開始寫小說之前，最先想到的會是什麼？」

「嗯……應該就是某個角色為了某種目的而做出某種行動吧？」

「你說的也太含糊，我幫你換個說法吧，某個少年因為父母被殺而決定踏上復仇之路，開始獵殺當初害死他的兇手，聽完這話，你有發現到什麼嗎？」

「故事是以角色為出發點。」

「沒錯，角色即是故事，也就是說在創作任何故事之前，一定都會先有人物，因此，你在幫雨倩製作她的人生故事之前，要先了解這裡的所有演員。」

琉月按了按滑鼠，一長排附有大頭貼的人員名單跳了出來。

「這是第五十樓至第五十二樓所有演員的名單，總共有五百一十四人。」

「五百一十四人！好多啊！」

琉月沒有理會我的驚訝，繼續說：「當你想到一個故事後，就把會登場的人物放到你的小說中，如果是校園故事，你就切換到教學樓層去把你中意的學生演員挑出來。」

琉月點一點滑鼠，所有成員的演員名單馬上就切換成只限教學層樓的演員名單，上頭清一色都是學生。

「然後就像昨天跟你演示的一樣，把會登場的演員名字寫入你的劇本並設計好對白，記得對白前一定都要附上演員的名稱，這樣上傳到中央系統後才會準確將劇本與台詞分配到每一個演員的手機中。」

「了解。」

「那我們現在先來寫一篇吧。」

就在這時，房門突然傳來敲門聲。銀髮的混血女僕走了進來，是梅。

「不好意思，打擾你們，老闆有事找洪先生。」

「找我？」

琉月笑道：「應該是去簽遲來的契約書啦！你現在已經是摩伊拉集團的工作人員，當然要簽員工契約書。」

「了解。」

之後，我們跟著梅走出不存在的五十三樓，進入電梯，搭至第四十九樓，再進到黃老闆的辦公室。

老闆一見到我，馬上就邀請我到他辦公桌前的沙發坐。

「來，這是契約書。」黃老闆說：「簽了，你就是正式員工了。」

「好喔。」我坐下沙發，提起筆，準備簽寫契約，不過契約上有幾條規則讓我很在意。

「什麼叫平時禁止與其他演員有所互動？」

琉月說：「就是字面上的意思啦，你別管了，趕快簽章吧。」

「等等，如果我不能跟其他演員有所互動，那我不就不能跟電影售票員買票，也不能在這裡消費晚餐？」

「嗯，不過你還是可以使用樓下其他設施喔，只要不與演員互動的話。」

「為什麼不能跟他們互動？」

說到這裡，我猛然想起一件事情。

昨天吃拉麵的時候，我記得琉月可是有跟演員說話，當時的情形是，她問我要吃什麼後，就幫我向演員點餐。

「琉月，為什麼妳就可以跟演員說話，我就不行？」

黃老闆插口道：「嘉榴，你就簽下約吧，之後時間到了，我會跟你說明的。」

「不要。」我放下筆，指著契約書說：「上面還寫我不能任意外出公司，這是怎樣？還有你們說我不能跟演員說話，那我肚子餓時我要怎麼去食堂點餐？」

「我可以幫你點啊。」

「可是妳不是只會再待一陣子而已？妳走了之後呢？」

「梅會幫你。」黃老闆說：「你有什麼事想做，吩咐她一聲就行了。」

「好奇怪，這太奇怪了！這根本就是變相的監禁了吧？這樣薪水再高又有什麼用？」我激動站起來說：「結果搞了半天，你們就只是需要一個幫雨倩創作人生的傭人而已！還囉哩八嗦一堆，告訴你，老子不幹了！」

「洪嘉榴，等等！」

「等妳公公妳婆婆！我要回家了。」

不料正當我準備走出黃老闆的辦公室時，梅突然拉住我的手，將一個黑色手環套到我手上。

「喂！妳給我套這什麼？快給我拿掉！」

琉月說：「那是本公司的通行證，只有上頭的燈顯示綠色時，你才可以離開。」

「什麼！」

黃老闆此時收起契約說：「好吧，你不簽契約書沒差，就把那個手環當作是契約書吧，琉月、梅，之後的事就拜託妳們了。」

「你們到底在搞什麼鬼？」

此時琉月捲起她的袖子說：「別害怕，那個手環我也有。」

「不是說這個，你們不能這樣子任意監禁他人吧！」

「快帶他離開。」黃老闆不悅道：「吵死了，明明接手那麼棒的工作還嫌一堆，現在的年輕人實在是……」

「這關年輕人屁事！」我盛怒異常，想衝過去揍黃老闆，沒想到一隻腿突然襲向我的腹部，當場讓我抱腹乾嘔。

「冷靜點，洪嘉榴先生，在這裡，暴力行為是禁止的。」

說話的人是梅，原來剛剛踢我的人是她。

琉月攙扶我起來說：「你沒怎麼樣吧？」

「沒怎樣才有鬼……這到底是怎麼回事？我搞不懂啊……」

我看了梅一眼，又看了黃老闆一眼，感覺再頂撞下去不會發生什麼好事，於是……

「算了。」我裝作服從他們的樣子說：「好，我不會再說什麼了，我們繼續剛剛的課程吧，琉月老師。」之後，我乖乖跟梅與琉月離開老闆的辦公室。

進入電梯，來到五十三樓後，梅站在門口說：「我人就在這裡，有需要什麼服務的話，吩咐我一聲就行。」

「好。」

我們進到創作間，我坐回辦公椅上，琉月則是坐回木椅。

「抱歉，我不知道事情會演變成這樣，但是我答應之後一定會跟你解釋的。」

「我懂，是我太衝動了，我們繼續剛剛的教學吧。」

「那麼……首先故事的主角當然是雨倩，所以一定都是先點她出來。」

玩月點出雨倩的名單後，劇本上便浮現出她的名字。

「接下來只要在後面打上行動與對話，她的手機就會收到劇本了。」

此時，我二話不說揮出手臂將玩月擊倒在地，並立刻在鍵盤輸入三個字。

「你要做什麼？」被我打到流鼻血的玩月怒問。

「不要過來！」我高舉鍵盤吼：「我打了『去自殺』這三個字，現在就差Enter了，妳快跟我解釋這到底怎麼回事，否則我就把這則指令傳給雨倩！」

在外頭的梅似乎聽到騷動，開了門進來。

「洪嘉榴先生，請你放下鍵盤。」

「好啊！但先跟我解釋清楚！為什麼我不能跟這裡的演員說話？妳就可以？難道是因為我不存在他們的劇本上？但這又怎麼解釋？他們不都是外面請來的演員嗎？他們不可能有雨倩那種精神疾病吧？說啊！這到底是怎樣啦？」

玩月說：「因為你的手機沒有連上摩伊拉中央伺服器，你沒有劇本。」

「那這樣讓我連上去不就好了，只要讓我看了劇本，我就能跟員工說話了吧？」

「很抱歉，不行。」

「為什麼？」

「你自己看吧。」

琉月拿出手機，手機螢幕裡全是排列組合意義不明的亂碼。

「這是什麼？」

「這就是劇本。」

「這些鬼符號是劇本？妳在跟我開玩笑吧？」

「不，這是真的。」琉月轉頭看向梅說：「梅，你也給他看你的手機吧。」

梅點頭，拿出手機，螢幕中一樣都是意義不明的亂碼。

就在這時，我腦中突然領悟到了什麼，情緒異常激動，但這個想法很瘋狂，如果事情真的如我所想得這樣，那麼這個世界……這個世界……

就在這時，梅突然拿出一個遙控器說：「抱歉了，洪嘉榴先生。」當她按下開關，我手腕瞬間傳來劇痛。

是電擊，手環裡有電擊裝置，接著我眼前便是一黑。

昏厥中，我回憶起我小時候，玥千還沒砍死小朋友的時期。

當時她哭著對我說，她覺得這個世界好可怕，大家整天看智慧型手機，好像都在接收什麼指令，大家的行為好像都被控制了，當時我只當她是做惡夢，然而在她閱讀我的小說後，就犯下那殘酷的罪行。

回憶到此，我睜開眼，發現我已身處在一間幽暗的密室。而當我醒來後，就見玧月背貼著鐵門，冷冷望著我。

我一見她，冷笑問：「這一切都是謊言對吧，什麼雨倩被她媽媽精神虐待，需要有人幫她控制人生……這是一項試驗沒錯吧？」

「說對一半，其實這是一個訓練。」

「訓練嗎？果真如此，這下全都解釋得通了。」我冷笑問：「這一切有多久了？」

「我父親建立公司開始時就已經這樣了。」接著玧月開始說，我心裡早已得知的那恐怖的真相。

這個國家，所有人都被摩伊拉公司控制住了。作為國內最強盛集團的伊斯塔公司，他們發行的書籍、電影、音樂、廣告、APP等等，裡頭都有參雜從他們內部系統內轉出來的劇本暗號，一般平民在接觸這些報章雜誌、書籍、電視、電影、廣告時就會無意識接收這些暗號，並遵從劇本家的指示走。

「這一切都是為了讓這個國家走向更好的路。」琉月說：「但是有一小部分的人是不受暗號控制的，你應該很常有這種經驗吧？你常常覺得自己做事力不從心，無法專注，別人都能專心去追求他們的目標，但你注意力卻常常渙散，所以才會到現在都一事無成。」

聽她這麼說，我想起小時候，我常被老師責備為什麼功課沒做完、被母親責備為什麼不能像隔壁的小孩一樣乖、被朋友責備為什麼團體報告不能好好合作、打工時被同事責備為什麼那麼容易心不在焉。

因為，我是個不受控制的人。

「還有你平常跟他人也不太好相處，跟他人說話時，你會常覺得雞同鴨講，對方常無法理解你在說什麼，因此你沒什麼朋友。」

「嗯，難怪我常覺得我跟這社會格格不入……不過我在外面時，跟外人對話還是能做最低限度的溝通，為什麼在這棟大樓就沒辦法？」

「這是因為這棟大樓的演員都是人工製造出來的實驗體。」

「實驗體？」

「是的，他們都是對訊號接受度最高的人。為了讓你以後能夠成為控制全國的劇本家，因此先讓你從能夠百分百完全接收劇本暗號的實驗體開始訓練，畢竟外面的平民對暗號的接受度強弱不一，想要完全控制，你得先在這裡練習。」

「那妳也是實驗體嗎？因為妳手機也有劇本暗號……還有梅……」

「我跟梅不是實驗體，先跟你說，人們對劇本暗號的接受度是有分級別的。」

玧月開始解釋，實驗體對劇本暗號的接受度為百分之百。

一般平民對劇本暗號的接受度為六十至八十。

梅是百分之四十。

身為劇作家、還沒患上腦癌的玧月對劇本暗號的接受度為百分之三十，患上腦癌後僅剩下十。

摩伊拉集團老闆黃老闆，對劇本暗號的接受度為五。

「我和梅可以接收劇本訊息，可以接受暗示，因此能夠跟演員和雨倩完美互動，在暗示解除後又能保持自己的意識，但因為我現在長了腦瘤的關係，所以我看了暗示之後會有很大機率不會解除，因此老闆才會禁止我外出，因為如果我看了外面的訊號，可能會忘了這裡的一切，成為受控制的人偶。」

「所以才會那麼急著想找我接妳的職位嗎？」

「嗯，我再過不久就要離開人世了，如果沒人為這個國家創作劇本，所有人都將失去人生目標，到時候結果會很可怕，你也體驗到了吧？你妹妹的事情。」

「嗯……」

我妹也是不受劇本暗號控制的人，所以才會犯下那麼可怕的行徑。

琉月此時嘆氣說：「唉，這些事情其實原本就沒打算瞞你，只是想等你完全接上這份職位後再告訴你，這樣你會比較容易接受這事實。」

「拜託！我又沒那麼玻璃心，我潛意識老早就覺得這世界不太對勁了。」

「所以你冷靜下來了嗎？」

「早就冷靜下來了。」我說：「說真的，你們一開始就先跟我說這些，反而我們還可以處的融洽點呢，不過算啦，事情過了就過了。」

我站起身來說：「總之現在就是，摩伊拉集團需要有人接手妳的職位，好繼續讓國家走向美好的未來。」

很奇特，聽完玩月說了這些，理解了這世界瘋狂的真相後，我感到豁然開朗。

所有小時候不開心、被鄙視、被責備的壞心情全都煙消雲散了。人就是這樣子，只要想開了、領悟了，什麼問題都會迎刃而解，只要去放開心胸去接受答案，那就能邁向光明。

在接受玩月指導一個月後，我已經學會能夠同時控制全體五百名實驗體演員的動向。

至於雨倩呢？我給她多采多姿的人生，有青澀的戀愛、有懸疑的校園推理、有溫暖的親情等等。

我愛上了這份控制的感覺，我想這就是我喜歡寫作的原因吧。唯有寫作，我才感到我能控制所有的一切，然而如今，我控制的是所有人的人生。

我很強大，我已經化身成為編織國人命運的拉克西斯。

之後的一天早上，我和琉月在食堂吃早餐，當然餐點是她點的。

「訓練的差不多了，我也差不多要走了。」琉月邊吃吐司邊說。

「感覺妳走以後，我會很寂寞啊。」

「神都是孤獨的。」

「是嗎？話說我很在意一件事情。」

「什麼事情？」

「當妳知道這世界所有人都是人偶時，為何妳還會持續出版書籍呢？反正他們對你來說，下個暗號就會對妳的書讚美吧，這樣寫作還有什麼成就感？」

「呵，其實那些根本就不是小說。」

「咦？」

琉月說，她所發行的那些暢銷小說其實也是一種控制大眾的形式，因為不是所有人都有手機成癮症，因此她寫很多書，在裡頭參入一堆劇本符號。

她還補充我是有史以來最不受控制的人。

我對劇本暗號接受程度只有三，比黃老闆還低。因為三幾乎不受劇本暗號控制，所以我說的話、或者寫的字無意間都可以破解這些暗號，這正是我妹當時為何看了我的小說後就跑去殺人的原因，更是摩伊拉出版社不讓我出版的理由。

吃完早餐後，一滴鮮血突然從琉月的鼻子裡流出。琉月扶起額頭，搖搖欲墜，我趕緊走到她身邊攙扶她身子說：「喂！妳沒事吧？」

「沒事……不過，看來時間差不多了呢。」琉月用虛弱的表情看我說：「我已經把我能教的事都教給你了，之後，這個國家的未來就給你了。」

「嗯。」

「不過不要因為自己是上帝，就把這個國家的法律改成可以跟十二歲女童結婚。」

「我不會這樣亂搞啦。」

離開食堂後，琉月收拾了房裡的東西，然後到了黃老闆的辦公室，請黃老闆解開她手上的手環後，就進入電梯。等待電梯途中，我們倆都沒說話。

直到琉月進電梯後，我們倆也只有簡單說了句：「再見。」但我們倆都心知肚明，我們不會再見面了。我將永遠被囚禁在這裡，琉月則是因病的關係，將離開人世。

回到拉克西斯的臥房，散亂的女性衣物都不見了，頓時心中感到有些寂寞，不過當我坐上辦公椅後，我就又感到了力量。

現在我的監視器已經不局限於大樓內部，而是全國各街小巷，手上的名單也是全國兩千三百萬人。

在敲打鍵盤前，我稍微深思一口氣。

「好了，今天就讓全國的各位度過和平的一天吧。」

（完）

第五篇
殘殺夜

1.

我和我哥的年齡相差八歲，他大二，我小六。

老實說，我不是很喜歡他，他又胖又懶，連泡麵都懶得自己泡還要我幫他弄，脾氣又很差，只要玩遊戲輸了或電腦當機，他就會走出房間亂摔客廳的東西，這樣就算了，如果爸媽罵他，他半夜還會把卡通歌開得很大聲，吵得爸媽都很火大。

對了，他還不愛乾淨，過去我曾見過有小蟑螂從他的衣服裡跑出來，那真的超噁的，也因前述種種行為，近幾年他幾乎沒有一天是不被爸媽罵的。

我媽說，其實他以前的脾氣沒那麼差，身材也沒那麼胖，我媽說的話我多少有點印象，哥哥在我小時候會陪我玩，還會把點心分給我，我記得他是在沉迷卡通和電玩後才性格大變。

一開始，他說話時會參雜一些日語讓人聽不懂，然後，看到跟我差不多年紀的女孩會跑過去聞她的髮香……對了，有一次他就是因為這樣而被女孩的父親毆打，對方父親還說要把哥哥告上法院，後來是爸媽不斷替哥哥求情才讓對方家人才放過哥哥一馬。

經過這件事後，哥哥就很少再踏出家門，他把自己關在房裡，除了上學外幾乎都不出來，三餐都在房裡解決，最近他也很少去學校了，雖然爸媽唸他很多次但他就是不聽，還會跟爸媽頂嘴。

我真心覺得有這種哥哥很丟臉，所以我都沒跟朋友提過我有哥哥。要是爸媽只有生我就好了，我常這麼想，哥哥過去讓爸媽失望的部分，我全都彌補回來了。成績、才藝、品行，爸媽要求的我都有達到，我考試從沒掉出前三名過，我在舞蹈比賽得過獎，平常爸媽不在時我會幫他們整理家裡，爸媽對這樣的我感到非常驕傲，所以其實我很想跟爸媽開一次家庭會議，討論要不要乾脆把哥哥趕出去，因為他在家除了看卡通打遊戲外就什麼事也不會做，還會亂使喚我，過去就曾發生這樣的事。

媽媽上班前命令哥哥要整理自己房間，不然實在太亂了，她出門後，哥哥就跑到我房裡要我去整理，我當然拒絕了，因為被命令的人明明就不是我，而且那可是他的房間耶，一堆零食殘渣跟垃圾，誰知道裡面到底躲多少隻蟑螂？

結果哥哥什麼也不說就拉起我的手，硬是把我拖到他房裡，我的手腕就這樣瘀青紅腫，爸媽回家後，我把這件事跟他們說，哥哥馬上就被罵得狗血淋頭，可是他之後還是會要我做些他自己就可以做的雜事，這讓我覺得他真的是沒救了。

不過最近爸爸出車禍，他因超時加班過度勞累，開車回家途中撞到分隔島而傷到頭部，需要住院一個月，因此我決定暫時不先跟爸媽討論哥哥的事，我覺得爸爸住院就夠讓媽媽煩心了，如果哥哥被趕出去住前還要媽媽幫他找房子，那媽媽一定會很累。

晚上八點，媽媽從安親班接我回家。

回到公寓後，她在信箱收到哥哥的曠課通知單，氣到手都在發抖，我看了直搖頭，爸爸都住院了，哥哥還在這種時候出亂子……算了，待會等著看戲吧。

媽媽一回到家，就直直往哥哥的房間走去，我則是坐上沙發看韓劇，我是屬於那種就算考試前天看電視還能考滿分的人，所以爸媽除了要我一定要十點睡覺外並沒有什麼特別管制。

附帶一提，我們家的格局是三房二衛一廳，客廳和餐廳是相連的，若以沙發為起始點，那家門就位於客廳左手邊，從客廳朝右走就是餐廳，再朝右筆直走就是廚房，廚房的前方與後方分別是哥哥的房間與我的房間，爸媽的臥房位於哥哥房間的正對面，臥房隔壁就是客廳。

也就是說，客廳跟臥房都算位於哥哥房間的對面，只是客廳是斜對面，因此位於沙發的我是可以直接看入哥哥房間的。

如果他房門沒關的話。

「伯俊。」媽媽敲門。

哥哥沒有回應。

媽媽再次敲門，敲門聲又急又響，可是哥哥依舊沒有開門。

「這死小孩。」

媽媽轉起門把，可門是鎖的，她轉不開，於是她將提包放在餐桌上，然後從餐桌旁的工具箱拿出一支榔頭。

見到這一幕，我突然有點想笑，媽媽竟然想拆了哥哥的房門，肯定是氣到忍無可忍了。

一聲巨響，媽媽狠狠敲掉門把。

門鬆開了，媽媽推門進去。

「啊！」

哥哥驚叫，隨即又是另一聲巨響，像是什麼重物掉到地上的聲音，原來是哥哥他從椅子上摔落。

不曉得是不是天氣太熱，戴耳機的哥哥全身上下都沒穿，光溜溜的，可是他的房間不是有冷氣嗎？

「陳伯俊！」媽媽指著哥哥的電腦說：「你不上學就算了，居然還在看這種色情卡通！」

聽媽媽這麼說，我大概就知道哥哥在做什麼了。

在學校，男同學都會討論這種事，健康教育課也有教過。因為老師說是正常行為，所以我對這種行為是沒什麼意見，除了哥哥例外，無論他做什麼我都很反感，誰叫他又胖又髒又懶又臭。

「怎樣啦？」哥哥一臉不悅道：「妳進來是不會敲門喔？」

「我敲很多次，你自己不開。還有，你凶什麼！」媽媽將哥哥床上的衣物扔到他身上說：「先把衣服穿上，真不像話。」

哥哥心不甘情不願穿起衣服後，直說：「妳他媽能不能給我點私人空間？」

媽媽俐落賞了哥哥一記耳光，我看得心理一陣痛快。

「誰准你跟媽媽這樣說話？還有……」媽媽轉頭看向矮櫃上的美少女玩偶說：「我上個月不就叫你把這些骯髒的東西全都丟掉嗎？為什麼現在還在這？」

那些美少女玩偶各個扮相裸露，還擺出色色的姿勢讓人不禁蹙眉。我記得那些玩偶都是出自於一部科幻軍事遊戲，哥哥很喜歡那款遊戲，幾乎每天都在玩。

「她們哪裡骯髒了？」哥哥隨手拿起腿上裝有戰艦砲管的美少女玩偶說：「她們可是守護世界和平的英雄，比妳這整天窩在餐廳廚房洗碗倒餿水的老太婆乾淨多了！」

哥哥胡說八道一通，媽媽明明就是銀行的行政助理，看來他已經玩電腦玩到頭腦壞掉，搞不好他連爸爸的工作、還有他們的生日都不知道。

唉……我怎會有這種哥哥？

「我受夠了。」媽媽大聲說：「我要把家裡網路停掉！」

哥哥怒拍電腦桌喊：「妳敢！」

媽媽又賞哥哥一巴掌。

我快笑出來了，媽媽加油！

「爸爸一住院，你就給我沒大沒小？好！從今以後都別想玩電腦！」

媽媽伸手到電腦後面，準備將電源線給拆除，不料哥哥見狀，竟然伸出雙手將媽媽推開，害她撞到門門框，她疼得蹲在地上抱著後腦勺呻吟。

「操！我CM3D2還沒載完，妳這死老太婆別動我電腦！」

「喂！你太過分了吧！」我站起身來對哥哥大吼。

他怎能這樣對媽媽動粗？而且錯的人明明就是他自己，他憑什麼發飆？

「妳閉嘴看妳的韓劇啦！」

我不理哥哥，趕緊跑到媽媽身邊說：「妳還好吧？有沒有怎樣？」

「沒事，謝謝。」

媽媽雖然是這樣說，不過她語氣變得很虛弱，雙眼還紅了。淚水滴了下來，我嚇了好一大跳，媽媽居然哭了，以往威嚴的形象不再，這讓我心裡感到很不捨，同時也覺得哥哥很可惡。

「哥哥你到底在幹嘛啦？」

媽媽拍拍我的手說：「沒事，郁晴，妳去客廳吧，這裡我來處理。」

「嗯……」

我不放心地離開媽媽身邊，再狠狠瞪向哥哥，可是他把頭轉過去，一副根本沒做錯事的樣子就又讓我感到火大，不過既然媽媽都這樣說了，我也沒辦法，只希望他別再對媽媽對粗。

我回客廳後，媽媽開始哽咽。

「伯俊，你怎麼會變成這樣呢？我每天工作拼命賺錢，你爸爸也在外東奔西跑，還跑到住院，就是讓你能不擔心家裡經濟專心讀書，但為什麼……為什麼你就是不懂我們的苦心？」

哥哥垂下頭來，陷入沉默。

媽媽繼續說：「我們也沒特別限制你什麼啊，你說生日禮物要PS4，我們不就有買給你嗎？你說你想學吉他彈卡通歌，我們不也去找老師教你嗎？但你吉他之後不僅沒繼續練，每天半夜還放卡通歌吵得我們睡不著，不過我們有要你轉小聲一點嗎？也沒有吧？」

低頭的哥哥仍靜默著。

「還有這些色情玩偶，一個要價一萬多……你知道爸媽賺錢有多辛苦嗎？結果我們百般對你好，換來的又是什麼？」

媽媽一一豎起手指。

「跟我們保證會用功讀書，結果都沒讀，跟我們保證會去補習班補英文，結果也都沒去，這樣就算了，你看看你房間！」

媽媽指著堆滿飲料罐、泡麵碗筷、零食包裝袋的房間吼：「亂七八糟！髒得像狗窩一樣！你都大學一年級了，還整天打電動看卡通，你看看你妹妹，人家才小學而已就那麼懂事，你難道都不會為自己感到丟臉嗎？」

「妳是罵夠了沒？」哥哥抬頭，眼神兇惡。

「你什麼態度？難道我說得不對？」

「不對！」

哥哥高舉鍵盤，冷不防朝媽媽的頭砸下去，鍵盤霎時炸裂，按鍵天女散花。

我搗起嘴倒抽口氣，哥哥又對媽媽動粗了！

「我他媽跟妳說過都少次？動畫就是動畫，妳再給我說一次卡通試試看！」

我握拳怒吼：「那是媽媽耶！你怎麼可以這樣打她？」

「誰叫她把我罵得連狗都不如，老子在巴哈姆特好歹也是哈拉版版主，別把我說得像廢物一樣！」

哥哥將斷裂的鍵盤殘骸扔向媽媽，隨後便奔出房間。

媽媽察覺不妙，趕緊追上前問：「喂！你要去哪？」

「去幹大事！」

從廚房走出來的哥哥說道。

他雙手各拿一把菜刀，滿是青春痘的油臉殺氣騰騰，感覺快燒起來了！

我看得很緊張，媽媽也立刻向他下跪。

「別做傻事啊！對不起！媽媽剛剛罵過頭了，你冷靜一點，別這樣！」

「滾啦妳！」

哥哥右手一揮，菜刀劃破媽媽嘴，上下顎撕裂開來，鮮血灑濺而出。

「嗚哇啊啊啊啊——！」

媽媽摀著流滿鮮血的臉在餐桌旁的地上打滾，我嚇得腦筋一片空白。

哥哥他似乎也嚇到了，他愣在原地直盯哭號的媽媽。

鮮血不停從媽媽嘴裡湧出，很快她脖子、胸口跟地上全都是鮮紅的血，看她在地上掙扎的模樣，我覺得喘不過氣，頭昏眼花，我知道地上的媽媽需要幫助，但我的腿卻僵得像化石般無法動彈。

哥哥突然發出一聲冷笑。

「活該！誰叫妳要這樣罵我？」

哥哥踢了媽媽腹部一下讓她又叫了一聲。

「然後妳還敢說我沒信守承諾？明明就是妳違約在先，生日禮物我明明就說要 PS4、PSVITA、3DS、XOBXONE、WIIU 還有 HTC 的 Vive，但你們卻只給我 PS4，然後還說什麼我被這些卡通洗腦，要我把這些玩偶丟掉以免影響我的將來，妳這老太婆去死一死算了！」

接著哥哥竟是直接坐到媽媽身上，快速揮砍雙手中的菜刀，我就這樣看著媽媽的臉被哥哥切出一道道鮮紅的血痕，鮮血毫無顧忌四處噴灑，很快哥哥全身都是鮮血。

過了一會，媽媽再也不動了，她的臉全都是細長的刀傷，完全看不出她本來的樣貌。

「總算安靜了，呵呵哈哈哈……哈哈哈哈哈哈！」

哥哥仰首大笑。

他瘋了。

我胃在抽搐，頭非常暈，世界天旋地轉，感覺像是惡夢。

隨即哥哥將視線投向了我。「妳也去死一死好了。」

他站起身，筆直往我這走來，我緊繃的情緒立即崩潰，眼淚如泉水湧出，我呼吸錯亂，上氣不接下氣說：「求求你別殺我，求求你別殺我……」

腿一軟，我從沙發上摔落，眼見哥哥板著臉走來，我舉起雙手抱住頭，渾身發抖頻頻求饒，我不想像媽媽那樣死掉，那種被刀撕裂臉皮的痛苦我絕對承受不住，不過這時哥哥忽然笑道：「跟妳開玩笑的。」

什……什麼？

我戰戰兢兢抬起頭，哥哥已經是背對著我。

「過來，幫我把這臭婆娘抬去她房間。」

哥哥蹲下身，我發現他的手上已經沒有菜刀。

他雙手抬起媽媽的腿，然後看向我說：「快點來幫忙啦！」

他的口氣就像平時呼喚我去幫他拿網購的包裹一樣，好像幫他抬媽媽的屍體也是很正常的事情。

於是我走了過去，雖然我害怕到站都站不穩，但我知道一定要聽他的話，否則一定會完蛋。

走近媽媽的身體後，我發現她滿是刀傷的臉還能隱約看到裏頭白森森的骨頭，頭就更暈了。

「快點！」哥哥催促。

我蹲下身，伸出顫抖劇烈的雙手將媽媽上半身抬起，當媽媽的體溫從手心傳來，我感覺好詭異又好害怕，我明白她已經死了，可是卻還有種她還活著的錯覺，但是她真的死了。

當我和哥哥將媽媽抬起後，她兩隻手癱軟無力在地上拖行，我一直哭一直發抖，哥哥則面無表情。

進到爸媽的臥房，我和哥哥一起把媽媽的屍體抬到床上，接著哥哥用棉被把媽媽捲在裡面，之後就什麼話也沒說回房去看他的卡通。

我非常驚駭，哥哥殺完人居然還能像什麼事都沒發生般看卡通癡笑，更不要說他殺害的人還是自己的媽媽。

他真的發瘋了！

我心中滿是恐懼，可我馬上又懷疑這一切搞不好只是場夢，因為事情真的太詭異了！平時嚴厲的媽媽居然就這麼死了，還是被哥哥殺死的，這也太莫名其妙了吧？這種只會在新聞上看到的事真的發生在我家？我不相信，太沒真實感了，即使親眼目睹，即使我手腳都還在劇烈發抖，我還是無法接受這個事實。

腦海充斥一片混亂的我，就癱跪在媽媽剛被砍倒的地方直盯那攤鮮血。

雖然沒伸手觸碰，但我還是能感受到那灘血很溫熱，可這灑濺的痕跡又讓我有種在看藝術畫的錯覺，數十道鮮紅的軌跡從地上延伸至牆上並互相交錯，看起來像是有位瘋狂的畫家拿著占染紅漆的油漆刷亂揮亂灑。

或許這灘紅色的液體真的是幅畫，只是沒有畫板跟畫框，它以地板為基石在我眼前化為藝術，媽媽沒有死，哥哥也沒有殺人，這一切都只是場夢。

只是場夢……

突然視線一陣劇晃，有人在搖我的肩膀，我轉頭過去，一張長滿青春痘的油臉躍入眼簾。

「妳是壞掉了喔?叫妳那麼多次都不理我。」

原來是哥哥。

見他滿身鮮血，我將視線投向地上。

那灘紅色液體變深了，可它還是在那，它還是該死的在那裡!難道這一切不是夢嗎?難道媽媽真的死了?難道我剛抬的那個真的是媽媽的屍體?

正當我感到天搖地晃，我後腦杓被拍了一下。

「清醒一點，快幫我把這灘血擦乾淨，我不想看到這個，看了就火大。」

「你怎麼可以這樣?」

「妳說什麼?」

「你怎麼可以這樣？」

「他媽的妳說話能不能大聲點？說那麼小聲誰知道妳在說什麼？」

「你怎麼可以這樣！」我起身大吼，眼淚同時流出，我不斷搥打他的身子說：「居然殺了媽媽！殺了媽媽！」

哥哥對我揮拳，灼熱與麻痺從左臉頰傳來，我往後跌去。

「馬的妳是打什麼？」

哥哥又對我側腰踹了一腳，我才赫然驚覺我現在不可以反抗哥哥，可是事情太遲了，哥哥抓起我衣領又是往我肚子揍一拳，當下我瞬間有種意識被抽離肉體的感覺。我抱著肚子在地上呻吟。

「別吵，再吵妳就死定了，知道嗎？」

我肚子好痛，痛到連聲音都發不出來。

他扯起我頭髮，在我耳邊吼：「我問妳知道了嗎？」

我咬緊牙關猛點頭。

「知道就好。」

哥哥鬆開手，讓我臉硬生生往地上撞去。

劇痛再度襲來，但渾身無力我只能蜷縮在地喘息哭泣。

2.

四十分鐘前，媽媽死了。

兇手是哥哥，我目睹了一切。

現在，他人在房裡看卡通，我則是聽從他的命令，用抹布擦拭地上與牆上的血。

不知道為什麼，沾在牆上的血比地上的難清，我刷了好久都還是沒辦法讓牆壁恢復成以往的樣貌，只希望哥哥檢查時不要太嚴格，我真的不想再挨他揍了。

在臉盆上擰起抹布，臉盆裡都是混濁的深紅色。

或許是雙手碰過水的關係，我感覺自己比起剛剛還要來得清醒許多。

頭不暈了，呼吸順了，手腳也不發抖了。

雖然剛被他揍得的部位還是很痛，但我已經了解此刻最重要的事就是冷靜，即便恐懼壟罩，我還是不能因為害怕而被哥哥控制住，他已經瘋了，誰知道他接下來會對我做什麼?我得想辦法趕緊逃離這裡才行。

我望向大門，大門距離我約有十四公尺遠，位於餐桌旁的我從這快走過去只需要六秒，用跑得甚至只需要一半的時間，可是哥哥的房間距離我僅有五公尺遠，很近，而且他用來看卡通的電腦是面向廚房這一側，也就是說他只要一轉頭就能看見我的背影，要是被他發現我打算外出，絕對會被他殺的，雖然他身體胖，但他是大人，我很明白我跑不贏他。

那麼報警呢?

我們家的電話位於沙發旁的矮桌上，離我約十三公尺遠……不行，太靠近門了，我已經從剛才的結論得知大門附近都是危險地帶，只要我靠近那被哥哥看到，下場一定是死。

至於大聲尖叫什麼的就不用考慮了，雖然可能會引起鄰居的注意，可是我還是會死，哥哥能在鄰居或警方趕到前把我殺了。

突然覺得沒有手機很不方便……之前爸媽說要給我手機我不應該拒絕的，天啊!當時我到底在想什麼?明明班上同學都人手一支，我卻為了讓自己顯得獨特而拒絕持有手機，現在想想我真是白癡，都已經在追韓劇了還想搞什麼幼稚的獨特性？

等等……說到手機，就算我沒有手機，可是媽媽有，她習慣將手機放在提包裡，但是她的提包呢？

我轉頭看向餐桌，果然在餐桌上。

她剛剛發現哥哥的房門轉不開後，是先把提包放在餐桌上才去拿榔頭的，餐桌離我不到一公尺，我只要站起來伸手進去就可以拿手機，接著只要趁哥哥不注意時躲在房間偷偷報警就好，房門可以鎖，還可以用我的書桌擋，警察趕到前哥哥根本碰不到我。

不過想雖然很簡單，但實際要做還是有難度。

最大的問題還是哥哥離我太近了，只要一轉頭就能看見我在做什麼，不過我一樣也能看到他在做什麼，我剛已經偷偷觀察他幾次，他全神專注在卡通上幾乎沒動過，其實我要的話，是可以靜悄悄走出家門，但風險太大，而媽媽的提包就在我身旁，我起身翻開伸手進去拿可能兩秒都不到，比起逃出家，躲在房間報警的成功機率較高。

好，就這麼辦。

只要兩秒……只要兩秒就好。

我再次看哥哥一眼，確認他還在對卡通癡笑後，就立刻站起身朝提包伸手，但就在我翻開提包時，我心涼了一半。

媽媽的提包裡放了一堆化妝品，我沒看見手機，肯定被壓在下面！

這下糟了，剛才我沒料到這點，算上愣住的時間，兩秒就這麼浪費掉了，不過還行，伸手翻一翻頂多也只有兩秒，我告訴自己別怕，伸手翻就對了！

「喂，妳在幹嘛？」

我停止呼吸。

慘了。

我戰戰兢兢轉過頭去，他從電腦桌前起身，站在房門前。

「我叫妳擦地板，妳沒事動那包包幹嘛？」

「我想把包包拿去媽媽的房間，你不是不想看到媽媽的東西？」

說出這話後連我自己都感到驚訝，太聰明了我！我甚至已經想到進了媽媽臥房後，只要用化妝台擋住門，依舊還是能報警！

隨後哥哥走了過來，伸手進提包裡把媽媽的手機拿走。

「我還以為妳要報警勒。」

說完，他又朝客廳走去，將無線電話從電源插座上拔起。

「不用我說吧？別想給我做傻事，我還有一堆新番還沒看，妳知道亂我的下場是什麼。」

「嗯。」我感到心灰意冷。

眼前被淚水化為模糊，我就這麼眼睜睜看著哥哥把我的希望都奪走了。

「對了。」哥哥指著餐桌旁的椅子說：「這個我也拿走了，呵。」

他說的是他剛剛用來殺害媽媽的菜刀。

「雖然我想妳也不敢啦，不過這麼危險的東西還是交給我保管吧！」他突然把菜刀拿到我面前說：「先幫我把上面的血洗一洗，媽的！看了就想吐！」

我點頭不語，接過菜刀，哥哥則跟在我的背後陪我到廚房的流理檯前。

在走入廚房的過程中，我腦海已經閃現好幾次我轉身將菜刀砍入哥哥頸中的畫面，可是我沒有做，剛剛被他毆打的地方此時還以疼痛提醒我絕不能跟他發生正面衝突。

洗完菜刀遞給他後，他又翻開櫥櫃把其他刀具都拿走，然後就回他房間看他的卡通。

我走回媽媽剛倒下的地方，繼續擦拭地上的血跡。登時胸口一陣緊綳，我又哭了。我覺得我很對不起媽媽，明明知道哥哥是不對的，但還是乖乖聽他的話把媽媽的屍體抬到房裡、把媽媽流下的血清乾淨……

我怎麼可以那麼沒用？

「馬的！」

哥哥怒罵一聲嚇了我好一大跳，只見他不斷搥打電腦說：「當機個屁喔！看個動畫也會當機，該死的廢物，去死啦！」

哥哥對主機踹幾下後就走出房間。他又要來摔客廳的東西了。

「可惡！去死啦！」

他將茶桌上的小花盆摔碎，又將牆上的液晶電視給弄倒，巨響不停傳來，我看得膽戰心驚，哥哥身上還有媽媽的血……這樣的他砸起東西來的模樣怪可怕的，我決定躲回自己的房裡。

關上門後，外頭仍不斷傳來東西翻倒的聲音，我情不自禁摀起耳朵，眼前不斷閃現哥哥先前殺害媽媽的畫面。

好可怕……有誰可以來救救我？

我在床上抱起自己的頭，以前從不覺得哥哥很可怕，但見到他殺了媽媽後我真打從心底覺得他根本不是人。

此時，聲音停了。哥哥氣消了嗎？

我走進門想偷聽外面的情況，不料房門突然朝我撞來，衝擊灌入鼻子，我整個人往後癱去，幸好我的背後是床。

進來的人是哥哥。他一看到我，就盯著我看不說話。

我察覺到他看我的眼神跟平常不太一樣，忽然覺得有些噁心。

「怎、怎麼了？」

「喔……沒有啦，只是我現在才發現，妳穿制服的樣子還挺可愛的。」

「啊？」

由於我從補習班回來，所以身上還是穿學校制服，不過哥哥這句話真的讓我打從心底發毛，因為我想起來了，他那種眼神之所以讓人感到噁心，就是因為裡頭蘊藏著下流骯髒的邪念，他之前在路上亂聞女孩子髮香時也都會露出那種眼神。

哥哥快步貼向前來，距離我非常非常近，不知道幾天沒洗的汗臭味與血腥味撲鼻而來，我胃開始翻騰，舌根後像是被人用手指壓住般非常不舒服。

他伸手撫摸我的臉頰。

我心一慌，狠狠將他的手拍掉。

「妳拍什麼？」他皺眉頭說。

我不說話。我感覺呼吸困難，快窒息了。

「說啊？妳拍什麼？我是妳哥耶！妳拍什麼？」

他臉部抽搐，再來就抓起我的頭往前面的書桌摔去，劇痛從額頭灌入頭裡，當下我一陣天旋地轉。

他扯起我頭髮後又是往我正臉揍了一拳，眼前白光閃爍，我往床癱倒，然後聽著自己發出難聽的嘶嚎聲。

太痛了……那真的太痛了，他揍得比先前還要大力，這份痛楚甚至比我以前騎腳踏車不小心跌下山坡那次還痛。

我在床上翻過身來，幾滴鼻血滴落在床單上。

然後他從背後扯起我的長髮硬是將我身子拉起，隨即肚子又灌入一股劇痛，他又推了我一把，使我後腦勺撞到後牆上，當下我又是哀號幾聲。

好痛，好痛！

我蜷曲在床上哭嚎著，腦中除了痛苦就什麼也沒有了。

「我是妳哥！不准妳像外面那些臭女人一樣拒絕我，我不准！」

他一邊嘶吼一邊揍我，我護起身子還是擋不了他的拳頭，他對我身子一拳又一拳揍下，劇痛不斷灌入體內，

我要被殺了嗎？我要被殺了嗎？

我腦中一直想這樣的話，可是沒有解答，他只是不斷地揍，無論是頭，還是身體，打到後來，疼痛從身體貫穿至我四肢，我甚至連保護身體的力氣都沒有了，整個人就癱在床上讓他持續毆打。

不知過了多久，拳頭停了。

我痛到連哀號的力氣都沒有，內心盡是恐懼。

哥哥好強大。

我剛剛為何要拍掉他的手？他不是已經藉由殺害媽媽向我展示他能夠掌控我的生死嗎？我為什麼還要那樣反抗他？

我好笨……真的好笨。

早知道就乖乖聽他的話就好了。

他將我臉轉正，逼我直視他。

又是那種眼神……

然後，他對我胸部伸出手。

一股不耐的麻痺感從膚下竄流而過，被別人這樣摸身體使我覺得毛骨悚然，而且他揉著很用力，指頭都陷入肋骨內，我不斷呻吟。

他不只摸我的胸部，還摸我的腰跟背，因為才剛被他痛毆過，全身又癢又痛，我不禁扭起身子掙扎，隨即他又賞我一巴掌。

「乖一點，否則殺了妳。」

不會吧……哥哥，你真的要這樣對我？

「求求你……不要這樣……」

我的聲音小到連我自己都快聽不見，但顯然他是不會罷手了。

3.

我醒來。淡色的晨光透入從房間的窗簾透入。看向書桌上的時鐘，六點二十五分。早上了。

我覺得好疲倦，全身又痠又痛，頭又暈又沉，像是得了重感冒。放在書桌上的小鏡子映照出我的臉，左臉瘀青紅腫，鼻孔跟嘴角還殘留殷紅的血，我舉起手，左右手臂上一青一紫……果然，昨晚發生的一切並不是夢。

淚水溢出眼眶滑落，但情緒卻不怎麼激動。

經歷過那件事後，我覺得自己像是被掏空，被人從裡到外摸透了底細，這讓我感到自己很弱小，也讓我對自己感到失望，過去的我永遠都是成功的那一方，我從沒想過自己會像現在如此悽慘，而且對方還是我看不起的廢物哥哥。

可惡……那個王八蛋，不僅殺了媽媽，還這樣對我那種事……

想到這，我忽然感到很生氣，但很快失落感就從四面八方將我給包覆住。

生氣有什麼用？

我打不贏哥哥是事實，而且我還怕他殺我。

真可悲，都被這樣對待了還想活下去，我到底是有多麼不要臉啊？

我就這樣胡思亂想呆坐在床上，想久了，就想去洗手間。

而在感到想去洗手間的那一瞬間，我莫名覺得自己很糟糕，明明這副身體已經不再是我自己的，為什麼還是會想上廁所？

隨後我苦笑一聲。

管他的，反正事到如今，我已經徹底敗給了哥哥，根本沒必要再抱有女孩的矜持。於是我站下床，忍著下身的疼，拖著腳一拐一拐走向房門。

轉動門把，拉開房門，房門卻毫無動彈。

我用力拉，房門依舊打不開，彷彿像是有人從外面很用力將門給拉上一樣，但我感覺得到哥哥他並不在門外，他肯定是用繩子之類的東西，從外面把門把拉住讓我打不開。

可是為什麼他要這樣把我關在房裡?難道是怕我出去求救所以把我關起來嗎?但我出去求救一定會進入他的視線範圍，他何必這麼大費周章把我關起來，除非……他在睡覺。

我想到這點，覺得有些欣喜，不過很快又失落下來。

他在睡覺又怎樣?我還是被關在房裡啊，房門不動如山，我就算使盡全身力氣拉扯還是無法打開房門。

從外透入的晨光越來越亮，我看了一下時鐘，七點了。

見鬧鐘外的金屬框反射陽光，我看向窗外。

如果我開窗戶向外呼救呢?

雖然我們家位於九樓，可是樓上樓下也有鄰居，現在正值上學跟上班時間，一定會有人聽見的。

等等……要是別人聽得見，那哥哥肯定也聽得見，若他醒來發現我在求救，那我一定被殺，我才不甘死在那種垃圾手下。那個該死的廢物，我一定要逃出去讓他付出代價。

想雖是這樣想，但房間的問題還是沒有解決。

其實我是可以等校方派人找我。老師發現我沒去學校，第一件事就是打來我家，發現打不通後就會打給我媽媽，再發現打不通後就會打給在醫院的爸爸，爸爸再打電話到媽媽的公司，當他得知媽媽沒去上班後應該會注意到事情不對勁，但我不曉得當事情走到這一步時需要花多久的時間。哥哥喜怒無常，很可能下一秒就會衝進來殺我，或者又對我做昨天的事。

說實話，我覺得自己快撐不下去了，如果哥哥又再侵犯我，我想我可能會先自殺。

那真的太痛苦、太噁心了！我又悲又氣，同時也感到害怕，我不能再被他支配住，我一定要逃離這裡，越快越好。

接著，當我看到書櫃上的陶瓷撲滿，登時靈光一閃，決定用那個方法。

那方法有點像賭博，但為了活下去我甘願賭一把，而且這比起先前想的辦法成功率要高多了，不過就在我用了那方法不久，房門開了。

我趕緊坐回床前，就怕被哥哥看見我剛剛的行為。

但很快我就知道他沒看到我剛做的事，他一臉睡眼惺忪，看樣子剛睡醒，意識想必還很模糊。

「我餓了，去煮泡麵給我吃。」

我愣在床上，對他說的話感到訝異。

「妳是沒聽到喔？快去煮啦！」他說完，就頭也不回走回自己房間。

又是那副什麼事都沒發生的模樣，我看了就很不高興。天底下怎會有這種人？做了一堆壞事卻那麼事不關己，還理直氣壯要人幫他煮泡麵，到底是要多沒人性才能這樣啊？

我看我在他麵裡下毒算了，可是家裡比較有毒性的液體只有洗碗精跟洗衣精，加太多味道太強會馬上被他發現，加太少又殺不死他，我根本無法對他下毒。

對此我突然覺得哥哥是否也有想到這點，所以才放心叫我幫他做早餐？不，我才不信他有那麼聰明。

我走出房門，看到地上有一條藍色的繩子，繩子的另一端延伸至哥哥的房間，果然我推測的沒錯，哥哥早上是用繩子把我的門給拉死的。

上完洗手間後，我用單柄鍋煮起水。滾燙的水上冒起了白色泡泡與蒸氣，我的手又開始發抖。

冷靜點，我剛剛已經用了那麼方法，照理說應該很快就可以獲救了。只要等一下、再等一下……

此時，門鈴響了。我高興到差點尖叫。

既然有人來按門鈴，代表我剛剛的方法成功了。

「郁晴，去開。」哥哥如往常般呼喚。

「嗯。」

「不，等一下，妳不要去開。」哥哥說。

我知道他怕我跟外面按門鈴的人告密或趁機逃出去所以阻止我，不過我現在就看他怎麼辦，他是不可能出去應門的，他的臉跟衣服都是血漬，肯定會讓門鈴一直響，但外面的人可是非常著急的，門鈴每一次響起的聲音間格都很短，因為外面的人知道這個家發生了什麼事。

「煩不煩啊？」哥哥在房間拍桌一聲。

「不……不然我去開門吧。」

「不准動！」哥哥大吼。

但我就是要動……這時候不走，更等何時？

大門離我約十四公尺遠，走過去被哥哥看到就會被殺，不過現在不一樣，外頭有人可以救我！

於是我深吸一口氣，拿起單柄鍋，直直往門口快走。

「喂！你要去哪？」

我沒有回應他，持續往門前進。

九公尺、八公尺。

「馬的！」哥哥怒吼。

我聽到他起身的聲音，回頭一盼，他已經持起菜刀。我立刻往前快走，也不管地上被他砸爛東西的碎屑，筆直向前走。

「妳他媽不想活了？」

哥哥的腳步聲迅速靠近。

我立刻轉身，將單柄鍋中的熱水往他身上灑。

「嗚哇！」他遮臉大叫，我迅速朝大門跑去。

三公尺、兩公尺！打開大門。

警衛伯伯與一位中年的陌生男子映入眼簾。

「救救我！」

我馬上撲往他們，他們也立刻抱住了我。

「喂！妳沒事吧？」

「妳傷的好重啊！」

安全了！

先前我在房間尋找能夠幫助我逃出的東西時，看到撲滿，靈光一閃。

我迅速拿起紙筆，簡單寫下我目前的處境與我家住址，再摺起來投入撲滿，最後往樓下丟。

現在正值上班時間，有東西落下肯定會引起他人注意，再者我撲滿裡很多零錢，絕對會吸引人來看，這就是為何警衛會在的原因，民眾如果想要上來了解狀況，會通知大樓警衛，也只有警衛才有電梯通行卡。

「妳死定了！我要殺了妳！」

哥哥的怒吼從背後傳來，我立刻抬頭說：「快報警！」

不料哥哥此時已站在門口，警衛伯伯大吼：「快把刀子放下！」

「不要！」哥哥說完，用菜刀劃破警衛伯伯的頸部，鮮血噴湧而出，我和那名男性民眾都嚇傻了。

完蛋了！在這一瞬間，我立刻離開男性民眾身旁，往電梯旁的樓梯口衝去。

隨即背後又傳來一聲哀號，我頭也不回地奔下樓梯。

怎麼辦？我居然把他們害死了，而且……

「別跑！」哥哥怒吼，腳步聲從後急奔而來。

我只能死命地往下狂奔。

七樓、六樓、五樓……我狂奔著，這可能是我有史以來跑最快的一次。

腳步聲迴盪在樓梯間。

好可怕！哥哥不停在背後追我，總覺得他就要追上了！

四樓、三樓、二樓……接下來就是中庭，但情況對我還是很不利，因為哥哥只想殺了我，所以無論我到了哪他都還是能殺我，我得持續跑，一直跑，跑到有人阻止他或他自己放棄。

可是我身體好痛，跑到一樓時我的大腿內側已如焚燒般劇痛，不過為了活下去，我依舊咬緊牙關奔跑。

穿過庭園，奔出管理室，直衝門外。眼前是車陣，我仍往前狂奔！

我衝入車陣之中，隨即一股衝擊從我左邊撞來，頓時視線天旋地轉，我被車撞飛了。

我摔倒在柏油路上。

「哎呀！怎麼會這樣？」下車的是一位婦人，她跑來看我傷勢。

我很害怕，哥哥就在她背後，他很火。

我想警告那婦人，但我一說話嘴巴卻只吐出血沫根本喊不出聲音來，然後，我只能眼睜睜看著那會婦人被哥哥砍死。

在那位婦人倒地後，哥哥望著躺倒地上的我，笑道：「呵呵！活該死好。」

完了……

眼見菜刀即將砍入我體內，我緊閉上眼，但過了一會，預想中的疼卻沒有傳來。

我睜開眼。滿身是血的哥哥已經被一旁的民眾給攔住了。

得救了嗎?我得救了嗎?

有人過來搖我的身子，但眼前的景象越來越模糊，意識越飄越遠……我暈了過去。

之後，我在醫院醒來，爸爸知道事情來龍去脈後傷心欲絕。在哥哥被判終生監禁後，我與爸爸一起搬到別的縣市重新開始生活。

多年後，為了避免類似的慘劇再度發生，我成了立法委員，並開始著手進行動漫遊戲全面抵制計畫，直到今日……

（完）

噩夢驚魂：暗黑推理五部曲 （讀品讀者回函卡）

■ 謝謝您購買本書，請詳細填寫本卡各欄後寄回，我們每月將抽選一百名回函讀者寄出精美禮物，並享有生日當月購書優惠！
想知道更多更即時的消息，請搜尋"永續圖書粉絲團"

■ 您也可以使用傳真或是掃描圖檔寄回公司信箱，謝謝。
傳真電話：（02）8647-3660　　信箱：yungjiuh@ms45.hinet.net

- 姓名：　　□男　□女　　□單身　□已婚
- 生日：　　□非會員　　□已是會員
- E-Mail：　　電話：（　）
- 地址：
- 學歷：□高中及以下　□專科或大學　□研究所以上　□其他
- 職業：□學生　□資訊　□製造　□行銷　□服務　□金融
  □傳播　□公教　□軍警　□自由　□家管　□其他
- 閱讀嗜好：□兩性　□心理　□勵志　□傳記　□文學　□健康
  □財經　□企管　□行銷　□休閒　□小說　□其他
- 您平均一年購書：□ 5本以下　□ 6～10本　□ 11～20本
  □ 21～30本以下　□ 30本以上

- 購買此書的金額：
- 購自：　　市(縣)
  □連鎖書店　□一般書局　□量販店　□超商　□書展
  □郵購　□網路訂購　□其他
- 您購買此書的原因：□書名　□作者　□內容　□封面
  □版面設計　□其他
- 建議改進：□內容　□封面　□版面設計　□其他
  您的建議：

剪下後傳真、掃描或寄回至「22103新北市汐止區大同路三段194號9樓之1讀品文化收」

廣 告 回 信
基隆郵局登記證
基隆廣字第 55 號

221-03

新北市汐止區大同路三段 194 號 9 樓之 1

讀品文化事業有限公司　收

電話/(02)8647-3663　傳真/(02)8647-3660

劃撥帳號/18669219　永續圖書有限公司

請沿此虛線對折免貼郵票或以傳真、掃描方式寄回本公司，謝謝！

讀好書品嘗人生的美味

噩夢驚魂：暗黑推理五部曲